孩子愛讀的漫畫中國歷史

中華五千年故事 3

晉、南北朝、隋、唐、五代十國

幼獅文化　編繪

前言

看漫畫、讀故事、學歷史

妙趣橫生的閱讀之旅

歷史是人類成長的軌跡，記載着王朝的興衰、文明的進步。中國歷史走過了五千年的光陰，期間既有繁榮輝煌，也有曲折艱難，過去的歷史積澱，鑄成了今天燦爛的現代文明。

燦爛的中華文化是中華民族立足於天地的根。作為中華兒女，我們應當了解自己來自何方，了解自己的祖先曾經在神州大地上做過哪些事情、有過什麼貢獻。閱讀歷史，不僅僅是閱讀那些妙趣橫生的故事，更是以史為鑑：學習古人的智慧，提高自身的文化修養，體會中華民族自強不息、崇德重義、奮發圖強的精神，努力成長為創造歷史的人。

為此，我們特意編寫了這套《中華五千年故事》。這套書按照時間順序分為四冊，**第一冊**（上古、夏商周、春秋戰國、秦）從盤古開天地到陳勝吳廣起義，**第二冊**（西漢、東漢、三國）從張良拜師到三國一統，**第三冊**（晉、南北朝、隋、唐、五代十國）從晉惠帝到周世宗，**第四冊**（宋、元、明、清）從陳橋兵變到辛亥革命，講述了中華民國建立之前發生的一個個精彩的歷史故事。本套書的漫畫吸取了連環畫的特點，具有獨特的中國韻味。全書採用可愛的漫畫造型，盡量還原真實的歷史場景，再配上親切有趣的文字，艱深的字都標注粵音，以精彩的圖文來幫助孩子更輕鬆地讀懂每一段歷史、認識歷史人物，培養愛國情懷，增強文化認同感和歸屬感，在歷史的不斷薰陶下獲得成長的力量。

閱讀歷史，讀懂歷史，尊重歷史，以史為鑑。希望孩子能從這套書中感受到中國歷史的魅力，學習到更多的文史知識，碰撞出思想的火花，更加熱愛我們的祖國和中華文化。

目錄

晉朝（公元265年至420年）

南北朝（公元420年至589年）

隋朝（公元581年至618年）

唐朝（公元618年至907年）

五代十國（公元907年至979年）

晉、南北朝、隋、唐、五代十國

呆頭呆腦的晉惠帝

晉朝分為西晉和東晉兩個時期。晉武帝司馬炎稱帝後，分封了五十七個同姓諸侯王來支持自己，但是太子卻讓他憂心忡忡。

1 晉武帝的嫡長子司馬軌兩歲就夭折了，嫡次子司馬衷便成了太子，但司馬衷不太聰明，七八歲也還認不出一個字來。

2 一晃十多年過去了，太子已經成年，但還是呆頭呆腦的。晉武帝雖然嘴上不說，但心裏還是對他放心不下。

3 為了試探一下太子的能力，晉武帝決定將手頭上的幾份公文交給他處理。

4 太子的妻子賈妃很狡猾，她看到送來的公文，知道丈夫根本沒能力處理，便想了個對策。

5 賈妃找來了兩個親信，還特意囑咐他們批復公文時只要通順就行了，不用寫得太好，否則就露餡了。

6 兩個親信便按照賈妃的吩咐，擬寫答案。太子什麼事情也不用操心，只要將答案逐字逐句謄寫下來，便完成任務了。

7 晉武帝看到這些公文後，長長地舒了一口氣：「太子雖然頭腦不太聰明，但處理政事也還算可以，當皇帝沒大問題！」

8 不久，晉武帝病重。臨終前，他思來想去，覺得還是不太放心，於是讓大臣楊駿輔佐太子。

9 晉武帝死後，太子司馬衷即位，史稱晉惠帝。他的妻子賈后不願意讓楊駿操縱政權，就用計把楊駿殺了。

10 賈后在幕後掌權，晉惠帝成了傀儡，但他樂得不處理政事，整天在後宮裏四處遊玩，逗逗蝴蝶，看看荷花。

11 晉惠帝聽見癩蛤蟆在叫，便笑嘻嘻地問太監：「牠是在為官家叫，還是在為私家叫呢？」太監聽了都摸不着頭腦。

12 一個太監回答說：「癩蛤蟆在官地裏，就是在為官家叫；在私地裏就是為私家叫。」晉惠帝聽了哈哈大笑。

13 有一年，各地因為洪災鬧饑荒，餓死了很多百姓。官員向晉惠帝匯報情況，請求開倉放糧。

14 晉惠帝聽了搖頭晃腦地說：「這些人沒飯吃，為什麼不吃肉粥呢？這樣不就不會餓死了嗎？」官員聽了，哭笑不得。

15 朝中有這麼一個呆頭呆腦的皇帝當政，各地的諸侯王便開始蠢蠢欲動，想取而代之。

晉惠帝即位後第二年，一場政治大地震——八王之亂就爆發了。

1 賈后除掉楊駿後，召汝南王司馬亮進京輔政，希望借他的威信來穩定朝廷。

2 司馬亮被任命為位高權重的太宰，楚王司馬瑋（粵音：偉）對司馬亮的位置虎視眈眈，兩人的矛盾漸漸地越來越深。

3 與此同時，賈后的野心也逐漸膨脹，她覺得司馬亮權力太大，便假傳晉惠帝密詔，讓司馬瑋殺死司馬亮。

4 司馬瑋求之不得，立即照辦。沒想到，賈后過河拆橋，當天晚上就宣布司馬瑋擅自殺害朝廷重臣，把他定了死罪。

5 從此，賈后獨攬大權多年，但她有個心病：太子不是她親生的，日後太子登上皇位，自己的地位還能保得住嗎？

6 於是，她讓人以太子的口吻寫了一封逼晉惠帝退位的信，然後把太子灌醉，騙他把那封信抄寫了一遍。

7 賈后拿着這封信當着滿朝官員的面，揭發太子意圖謀反。太子連喊冤枉，可罪證確鑿，晉惠帝只得將他貶為庶民。

8 朝中官員對賈后廢太子的做法不滿，掌握禁軍大權的趙王司馬倫趁機散播謠言，說大臣準備扶植太子復位。

9 賈后信以為真，她心中害怕，便先下手為強，派人將太子毒死了。

10 司馬倫利用大臣對太子的同情，以給太子報仇為由，帶兵闖進宮中，活捉了賈后。很快，司馬倫將賈后和她的黨羽都殺了。

11 賈后一死，司馬倫便掌握朝中大權，當了丞相。沒過多久，他就把晉惠帝軟禁起來，自己坐上了皇帝的位子。

12 司馬倫把他的同黨都封了官。當時的官帽都插着貂尾做裝飾，但他封的官太多了，一時貂尾不夠用，只好用狗尾來湊數。

13 諸侯王都反對司馬倫做皇帝。河間王司馬顒(粵音：容)、成都王司馬穎、齊王司馬冏(粵音：炯)便一起討伐司馬倫。

14 三王聯軍與司馬倫的軍隊在洛陽郊外打了兩個多月，司馬倫節節敗退。最後，他的部下在城中倒戈，迎晉惠帝復位。

15 不久，司馬倫被賜死，司馬冏入朝輔政。當初一同起兵的司馬穎和司馬顒沒有得到多少好處，都對司馬冏懷恨在心。

16 他們聯合長沙王司馬乂（粵音：艾），一起向司馬冏發難。司馬冏很快就兵敗被殺，朝政大權落入司馬乂手中。

17 司馬穎、司馬顒想得到至高權力的願望再次化為泡影，於是兩人又聯合起來討伐司馬乂，逼得他走投無路。

18 公元304年，東海王司馬越背叛司馬乂，將他抓起來交給了司馬顒的大將張方。結果，張方將司馬乂燒死了。

19 司馬乂死後，司馬穎終於控制了政權，但他整日只顧着吃喝玩樂，引起了許多人的不滿。

20 不久，司馬越集結了十多萬人馬進攻司馬穎。經過連場混戰，司馬越輸得一敗塗地，落荒而逃。

21 與此同時，司馬顒以增援司馬穎為名，趁機攻入洛陽的皇宮，獨霸政權，並將晉惠帝挾持到長安。

22 公元305年，司馬越再次起兵，在第二年攻入長安，迎晉惠帝還都洛陽。

23 八王之亂延續了十六年，司馬亮等七王先後死亡，只剩下司馬越。他毒死晉惠帝，立司馬熾為帝，自己掌握了大權。

西晉末年起，遷入中原的匈奴、鮮卑等少數民族的首領紛紛趁機建立政權，史稱「十六國」。匈奴貴族劉淵就是十六國時期漢國的建立者。

1 西漢時，部分匈奴人接受了漢族文化，改用漢皇帝的劉姓。曹操統一北方後，把匈奴部落分為五個部，每個部都設有部帥。

2 匈奴貴族劉豹是其中一部的部帥，他的兒子劉淵武藝高強。劉豹死後，劉淵繼承了父親的職位。

3 後來，劉淵在成都王司馬穎部隊當將軍，駐守鄴城（鄴，粵音業），專管五部匈奴軍隊。

4 匈奴貴族都想趁晉朝諸侯王爭鬥之際，奪回從前失去的地盤，於是派使者請劉淵回去當單于（粵音：蟬於），即首領。

5 劉淵很高興，找了個藉口向司馬穎告假回匈奴，但司馬穎不同意，劉淵只好叫五部匈奴暗地裏集結兵力，悄悄向南推進。

6 不久，晉朝的并州（并，粵音兵）刺史司馬騰、將軍王浚（粵音：進）聯絡鮮卑貴族攻打司馬穎，司馬穎戰敗，逃往洛陽。

7 劉淵向司馬穎請求返回匈奴帶兵馬來助戰，司馬穎這才讓他走。

8 公元304年，劉淵回到左國城後，被匈奴貴族推舉為大單于（匈奴君主的尊稱）。

9 劉淵很快集結了五萬人馬，準備討伐鮮卑，援救司馬穎。但是，在大臣的反對下，他決定回到左國城，自立為漢王。

10 劉淵成為漢王後，率領軍隊先後攻下了上黨、太原、河東、平原等幾個郡，勢力越來越大。

11 公元308年，劉淵稱帝建立漢國，定都平陽。他稱帝後，開始集中兵力進攻洛陽，準備滅掉晉朝。

12 洛陽百姓雖然恨透了腐朽的朝廷，但也不願受匈奴統治，所以劉淵兩次進攻，都遭到百姓的猛烈抵抗，無功而返。

13 後來，劉淵去世，他的兒子劉聰繼位。劉聰又派大將劉曜（粵音：耀）、石勒進攻洛陽。

14 這次，洛陽終於被攻破，晉懷帝司馬熾在逃往長安的途中成了俘虜，被押送到平陽。

15 劉聰百般侮辱晉懷帝。有一次，他讓晉懷帝穿着奴僕的青衣在宴會上給大家斟酒。一些晉朝遺臣看了，忍不住痛哭。

16 劉聰見晉朝遺臣對晉懷帝還有這樣深的感情，怕日後會引起禍端，於是一狠心，就用一杯毒酒毒殺了晉懷帝。

17 長安的晉朝官員聽說晉懷帝被殺後，擁立晉懷帝的姪子司馬鄴繼承皇位，史稱晉愍帝（愍，粵音敏）。

18 後來，長安被劉聰攻下，晉愍帝在受盡侮辱後被殺，西晉王朝滅亡。

19 西晉滅亡後，北方地區隨即陷入一段大分裂時期。這段時期前前後後一共出現了十六個割據政權，史稱「十六國」。

司馬睿建東晉

長安被劉聰軍隊攻破前，晉愍帝寫密詔傳位給鎮守建康的琅琊王司馬睿（粵音：銳）。司馬睿因此建立東晉，史稱晉元帝。

1 司馬睿於十五歲繼承父親琅琊王的爵位。公元307年，他帶了一批士族官員到建康上任，其中最有名望的是王導。

2 司馬睿在西晉皇族中，地位和名望並不高，所以，他上任後當地的豪門士族都看不起他，也不來拜見他。

3 司馬睿很着急，要王導想辦法扭轉這種局面。王導便給他獻計，讓他主動登門拜訪士族名流，擺出禮賢下士的姿態。

4 王導有個堂哥叫王敦，在揚州任刺史，是當地的名門望族。王導特意把他請到建康，兩人商量出一個好主意。

5 這年三月初三上巳節（巳，粵音自），當地的百姓和官員都要去江邊求福消災。

6 王導讓司馬睿乘着華麗的轎子前往江邊，前面有儀仗隊鳴鑼開道，後面有自己和王敦以及由北方來的大官名士騎馬護衛。這種前所未有的大排場令百姓為之轟動，大家一路跟着看熱鬧。

7 看到在當地頗有名氣的王敦在司馬睿面前都如此恭敬，江南士族覺得司馬睿來頭不小，不敢怠慢，於是紛紛上門拜見。

8 王導建議司馬睿把江南名士顧榮、賀循拉攏過來。因此，當他們前來拜見時，司馬睿殷勤地接見了他們，封他們做官。

9 北方發生大亂以後，北方的士族地主紛紛逃到江南來避難。

10 王導又勸說司馬睿把他們當中有名望的人，都招攬到琅琊王府做官。

11 司馬睿一邊拉攏江南士族，一邊吸收北方的人才，終於站穩腳跟，並使建康發展成江南的政治中心和軍事重鎮。

12 劉聰攻陷長安時，弘農太守宋哲逃了出來，將晉愍帝被俘前寫的密詔偷偷送到建康。

13 司馬睿看到晉愍帝要他繼位的遺詔，喜出望外，立即着手準備登基大典。

14 不久，司馬睿身穿龍袍，坐上了龍椅。司馬睿宣布定都建康，史稱晉元帝，他建立的晉朝被稱為東晉。

15 當大臣向他叩頭朝拜，高呼萬歲時，他忽然從龍椅上站了起來。原來，他是想邀請王導與自己同坐龍椅，共享榮華富貴。

16 王導連連推辭：「陛下如同太陽，臣子和百姓如同萬物，萬物只能接受太陽的照耀，不能與太陽混在一起啊！」

17 晉元帝一聽，十分高興。他不再勉強，但從此更信任王導，讓他出任宰相，而許多重要官職也讓王氏族人來擔任。

18 王導建議由官府帶頭獎勵農桑，讓軍隊在平時也參加屯田。這樣，百姓生活安定，朝廷的軍事實力也增強。

19 此外，王導還讓晉元帝出面，禁止朝廷官員和社會上的奢靡之風。他自己也帶頭做起，過着粗茶淡飯的生活。

20 在清明節，東晉的王公貴族穿着華麗的衣服，乘着豪華的車馬去新亭踏青，並在附近搭設彩棚，互相祝酒祈福。

21 當大臣去向王導祝酒時，卻看見他的彩棚用蘆蓆搭建而成，十分簡陋。王導穿着粗布衣，拿着一壺濁酒，向大家斟酒回謝。

22 大臣見了都羞愧難當，有些人甚至流下了眼淚。從此，東晉官場的奢侈之風被剎住了，東晉政權逐漸穩固。

心懷家國的祖逖（粵音：剔）一心想收復北方失地，晉元帝司馬睿卻不給他一兵一卒，就讓他前去北伐。

1 祖逖出身名門，才識過人，而且很有俠義之氣，因此，凡是認識他的人都誇他有濟世之才。

2 西晉時，他曾和劉琨（粵音：昆）一起出任司州主簿。當時政局動盪，他們很為國家擔憂，時常一起談論天下大勢。

3 一天，兩人像往常一樣躺在牀上交談，直到後半夜才沉沉睡去。可是他們睡下沒多久，窗外就傳來了嘹亮的雞鳴聲。

4 祖逖被雞鳴聲吵醒後，索性坐起來，推醒了劉琨，建議他和自己一起起牀練劍，好練就本領保家衞國。

5 劉琨被祖逖的激情所感染，立刻起牀。此時，夜色仍籠罩着大地，劉琨和祖逖便借着月光在屋外的空地上舞起劍來。

6 直到太陽從東方冉冉升起，這兩個汗流浹背的年輕人才收劍回屋。從此，無論颳風下雨，他們都堅持每天早起練劍。

7 西晉滅亡後，匈奴趁機侵佔了北方的廣大地區。不願受匈奴統治的漢族百姓紛紛南遷，祖逖也率宗族一路南逃。

8 一路上，祖逖很照顧年老體弱的人，不僅把馬車讓給他們乘坐，還拿出糧食衣物分發給他們，他因此深受族人的擁戴。

9 渡江後，祖逖被晉元帝安排駐守京口。這個地方富庶繁華，祖逖卻寢食難安，因為他始終記掛着北方的大片失地。

10 祖逖幾次求見晉元帝，向他表明自己願領兵北伐的決心，但晉元帝只想偏安於江南，遲遲不答覆祖逖的北伐計劃。

11 最後，晉元帝實在拖不過了，只得答應祖逖的請求，撥給他一千個人分量的口糧和三千匹布，卻不給他武器和士兵。

12 祖逖沒有灰心喪氣，馬上回到京口招兵買馬。許多勇士聽說祖逖要北伐，紛紛主動前來報名參軍。

13 沒過多久，祖逖就親自率領招募到的士兵，乘坐大船北上。出發那天，江邊擠滿了送行的百姓。

14 航行到江心，祖逖內心澎湃不已，他接過士兵手中的船槳，敲擊着船舷起誓：「此去若不能收復中原，誓不過江！」

15 祖逖率軍渡過長江後，駐紮在淮陰。他一邊命人鑄造兵器，一邊訓練士兵。不久，他就訓練出一支數千人的軍隊。

16 這支訓練有素的北伐軍，頻頻取勝，越戰越勇，沒過幾年便收復了黃河以南的廣大地區。

17 中原百姓看到這支軍隊到來，無不熱淚盈眶、歡欣鼓舞，還紛紛宰牛殺羊設宴慰勞他們。

18 就在祖逖準備繼續進兵時，晉元帝派人收回了他的兵權。因為祖逖的勢力不斷壯大，晉元帝怕他會對自己構成威脅。

19 祖逖心中憂憤難平，這時又聽到好友劉琨被害的消息，連串打擊使他病倒了。最終他沒能實現夙願，鬱鬱而死。

「書聖」王羲之

東晉名士王羲之（羲：粵音希）精通書法，有「書聖」的美譽，在民間還流傳許多有關他的故事。

1 東晉宰相王導的兄弟王曠是有名的書法家，他的兒子王羲之從小耳濡目染，也很喜歡書法。

2 王曠藏有一本書法著作《筆説》，他覺得這本書非常珍貴，且不適合小孩子學習，所以從來不讓王羲之翻看。

3 沒想到，王羲之偷偷拿來閱讀，還按照書裏的方法來練字。

4 不久，王羲之的書法技藝大有長進，王曠見了又驚又喜，便索性由着他去學了。

5 王羲之成年後，書法也出了名，許多富商大官都想得到他的墨寶，甚至有人通過巧計來得到他的字。

6 一個道士聽説王羲之喜歡白鵝，特意在道觀外的池塘裏養了一羣大白鵝，還讓人把這個消息透露給王羲之。

7 果然，王羲之得知這個消息後，立即興沖沖地找上門來，懇求道士將白鵝賣給他。

8 道士說：「我的鵝是不賣的，但我可以把這些鵝全送給你，只要你肯為我抄寫一部《道德經》就行。」

9 王羲之一口答應，馬上讓道士拿來紙筆，伏在案上奮筆疾書，一兩個時辰後，就把《道德經》抄完了。

10 王羲之用這幅書法作品換來了心愛的白鵝，因此後人把這幅作品稱為《換鵝帖》。

11 五十多歲時，性格灑脫不羈的王羲之辭去他在朝中的職務，到處遊山玩水，有了更多的時間來創作書法作品。

12 不過，王羲之最著名的一幅書法是他辭官前兩年創作的。那年，王羲之與好友到蘭亭聚會。蘭亭山峯險峻，泉水叮咚。一行人來到彎曲的小溪邊，玩起了「曲水流觴」的遊戲。幾隻裝滿酒的杯子放在一個木盤裏順流而下，經過誰的身邊，誰就要作詩一首，否則就要自罰三杯。

13 大家玩得盡興，作出了二三十首好詩，並提議把這些詩編成《蘭亭集》，由王羲之作序。

14 王羲之寫成了一篇三百二十四字的文章，那便是有「天下第一行書」之稱的《蘭亭集序》，而他更被譽為「書聖」。

東晉名臣謝安不僅才華滿腹，而且遇事沉着冷靜。有一次他不費一兵一卒，就化解了都城建康的危機。

1 謝安出身於東晉士族名門，多才多藝，性格沉穩。他年輕時隱居於東山，常常與好友一起遊山玩水。

2 一天，謝安和幾個朋友乘船遊玩。船行到江中時，江面突然掀起了巨浪，朋友都驚慌失措，催促船夫趕緊掉頭回去。

3 謝安卻泰然自若，還安撫朋友說：「別慌，想平安回去，就不要打擾船夫行船。」眾人聽了才安靜下來。

4 終於，船夫將他們安全送到了岸邊，大家都誇讚謝安沉着鎮定，有治國之才。不過謝安到了四十多歲才入朝為官。

5 公元372年，晉簡文帝去世，臨終前他將帝位傳給太子司馬曜，即晉孝武帝，並命謝安和王坦之輔政。

6 當時權臣桓温（桓，粵音援）把持朝政。他聽説簡文帝沒有將帝位禪讓給他，便揮軍直奔建康。

7 桓温軍隊先駐紮在新亭，因為他想先除掉兩位輔政大臣，再篡奪皇位。於是，桓温寫信邀請他們到營帳中宴飲。

8 王坦之收信後，匆忙去找謝安商議對策。謝安卻神情堅定地說：「晉朝存亡，就取決於你我此行了。」

9 就這樣，兩人抱着赴死的決心前去赴宴了。到了桓溫的營帳，王坦之一眼就瞧見埋伏在四周的刀斧手，嚇得渾身直哆嗦。

10 謝安卻面不改色，還與桓溫開懷暢飲，高聲談笑，桓溫不得不佩服他的膽識。

11 謝安忽然指着埋伏在周圍的刀斧手說：「我聽說武將都帶兵守衛邊境，為什麼將軍卻派人守在我們周圍？」

12 桓温聽了先是一愣，隨即大笑着命令埋伏在四周的刀斧手退出去。

13 謝安向他拱手行了個禮，然後又繼續與他説笑。一旁的王坦之終於鬆了口氣。

14 宴飲結束後沒多久，桓温就撤軍回去了。因為他明白有謝安這樣的大臣在，想逼宮奪權並不容易。

15 聽説桓温撤軍，建康城內的大臣和百姓無不歡欣鼓舞，齊聲稱讚謝安的沉着鎮定、機智勇敢。

公元376年，前秦君主苻堅（苻，粵音符）消滅前涼、代國，統一了北方，並與東晉王朝隔江對峙。

1 前秦君主苻堅為了試探東晉的實力，不時派兵南下，騷擾東晉邊境的百姓。

2 公元383年，苻堅計劃攻打東晉。但這時東晉政權穩定，宰相謝安也很有才幹，所以苻堅的決定遭到羣臣的反對。

3 苻堅卻一意孤行，親自統率八十七萬兵馬出征，企圖消滅東晉，吞併江南。

4 敵軍來勢洶洶，晉孝武帝急召大臣商議對策。謝安胸有成竹，很快就想出了辦法。於是，孝武帝讓謝安去做部署。

5 謝安先是派謝石、謝玄率八萬精兵在江北抵抗前秦軍隊，又派胡彬帶五千水軍到壽陽對付前秦水軍。

6 走到半途，胡彬聽説壽陽被前秦的先鋒部隊佔領了，只好退到硤石（硤，粵音俠），等待與謝石、謝玄會合。

7 但是，敵軍很快圍困了他們，胡彬只得寫信去向謝玄求救。送信的士兵卻在穿越敵軍陣地時，被敵軍抓住了。

8 苻堅拿到這封密信後，心中暗喜：晉軍就這麼點兵力，怎能和我軍相抗？他立即派一個叫朱序的人去勸降晉軍。

9 朱序原是東晉人，後來被前秦軍俘虜。他到了晉軍軍營後，不但沒有勸降，反而向謝石、謝玄提供了許多前秦軍情報。

10 得知苻堅的百萬大軍還沒全部趕到前線，謝石、謝玄立即派劉牢之偷襲洛澗。結果，前秦軍被打得四散潰逃。

11 謝石、謝玄指揮晉軍乘勝追擊，反攻壽陽，一直打到淝水（淝，粵音肥）東岸，並駐紮在八公山邊，與前秦軍隔岸對峙。

12 苻堅聽說晉軍已在淝水東岸集結，趕緊登城眺望，只見晉軍陣容嚴整，八公山上黑壓壓的一片，一草一木都好像是晉兵。

13 苻堅一下子沒了信心，他命軍隊加強防守，不准輕舉妄動。謝玄怕這樣拖下去會對晉軍不利，便派人給苻堅送去一封信。

14 謝玄在信上要求苻堅把軍隊後撤，讓晉軍渡過淝水，以便進行較量。苻堅想趁晉軍過河時進行偷襲，便爽快地答應。

15 沒想到，前秦軍才剛往後撤退，朱序就趁亂在隊伍裏大喊：「秦軍被打敗了！秦軍被打敗了！」

16 前秦士兵嚇得拔腿就向後跑。苻堅見形勢不對，剛想控制場面，卻聽到「嗖」的一聲，一枝箭正中他的肩膀。

17 晉軍乘勢展開猛烈進攻。前秦士兵聽到風聲呼嘯、鳥兒啼叫，都以為是追兵來了，很多人自相踐踏而死。

18 苻堅不顧箭傷，騎着馬逃到淮北。就這樣，前秦慘敗，從此以後再無力與東晉對抗，最後於公元394年滅亡。

劉裕成就帝業

由三國曹魏時期起，豪門士族幾乎壟斷仕途，出身卑微的劉裕卻憑藉自己的力量闖出了一番天地。

1 劉裕，小名寄奴，他的曾祖父是曾身居要職的劉琨。不過，劉裕小時候家裏很窮，他從小就得砍柴、種地。

2 晉孝武帝時，名將劉牢之招募流民組建北府軍。胸懷大志的劉裕毅然應徵入伍，成了劉牢之手下的一名小軍官。

3 他在軍中屢立戰功，對帶兵打仗也很有自己的一套方法，漸漸地成了北府軍中一名出色的將領。

4 北府軍在淝水一戰立下赫赫戰功，但不久東晉出現內亂，劉牢之追隨權臣桓玄（桓溫之子），發動政變，攻入建康。

5 隨後，桓玄逼迫晉安帝退位，自己做了皇帝。劉裕對桓玄的篡位行徑大為不滿，但因為實力不足，只得表面順從桓玄。

6 劉裕背地裏與北府軍中的中下級軍官商量對策，準備推翻桓玄。數月後，劉裕正式起兵討伐桓玄，桓玄軍慘敗。

7 之後，劉裕迎晉安帝復位，立下了很大的功勞。

8 但當時人們很看重出身，出身卑微的劉裕被士族看不起。為了提高自己的威望，劉裕決定出兵北伐。

9 公元409年，劉裕出兵南燕，沒費多大力氣，他就攻破南燕的都城，把南燕滅了。

10 幾年之後，他又兵分兩路進攻後秦。後秦在晉軍的猛烈攻勢下，連連敗退。後秦國主只得向北魏求救。

11 北魏在黃河北岸屯兵十萬，不停地騷擾劉裕的水軍，阻止他們前進。

12 劉裕便派出士兵和戰車，沿河岸擺了一個形似彎月的「卻月陣」。陣內埋伏着兩千名士兵，中心的一輛戰車上插着一根白色羽毛。只要羽毛晃動一下，士兵便登車射箭。在卻月陣後面，還有士兵用鐵錘敲動大弓，將長矛射向敵軍。無數北魏士兵被射死，倖存的嚇得趕緊逃命。

13 晉軍最終大獲全勝。劉裕率水軍與部下的步兵在潼關會師，合力攻下了後秦都城長安，滅掉了後秦。

14 公元419年，劉裕派人縊殺晉安帝，扶持晉恭帝登基。次年，劉裕逼晉恭帝退位，自己做皇帝，改國號為宋，史稱宋武帝。

檀道濟以沙代糧

公元439年，北魏滅掉十六國中最後一個小國北涼，統一了北方，與南方的宋朝形成南北對峙的局面，史稱「南北朝」。

1 公元430年，宋朝為了收復河南地區，與北魏展開了激烈交戰。在危急關頭，宋文帝派大將檀道濟征討敵軍。

2 檀道濟作戰勇敢，機智靈活，在二十多天內就打了三十多場大戰。宋軍節節勝利，一直追到歷城。

3 連續的勝利使檀道濟開始驕傲輕敵，北魏軍趁機派出兩支騎兵繞到宋軍後方，一把火燒了他們的糧倉。

4 沒了糧草，檀道濟想馬上撤退，但又怕北魏軍趁機大舉進攻，怎麼辦呢？檀道濟急中生智，想到了一個好主意。

5 他讓手下挖了許多沙土，然後將它們裝在一個個糧袋裏，但並不裝滿。

6 接着，他又讓人將搶救出來的最後一點糧食，薄薄地覆蓋在每個糧袋裏的沙土上。

7 到了深夜時分，檀道濟特意點起火把，指揮士兵清點「糧食」。他們故意一邊用斗子量米，一邊高聲報數。

8 北魏軍的探子看到宋軍營裏擺滿了糧袋，每個打開的糧袋都露出白花花的大米，感到十分意外。

9 探子回到營帳，向北魏將領報告。將領聽了，還以為宋軍後方送來了糧食，便不敢輕舉妄動了。

10 第二天，天剛濛濛亮，檀道濟穿着便服，坐在馬車上，高調地帶着自己的軍隊向南撤離。魏軍恐怕有埋伏，不敢追擊。

11 等到魏軍發現有詐時，檀道濟早就率領軍隊安全回朝了。此後，北魏忌憚檀道濟的威名，再也不敢輕易地攻擊宋朝。

南朝先後更替了宋、齊、梁、陳四個朝代。其中，南梁出了一位荒唐的出家皇帝。

1 公元502年，南齊的大司馬蕭衍（粵音：演）趁亂起兵奪取帝位，建立了南梁，他就是梁武帝。

2 梁武帝是個虔誠的佛教徒，每天吃素。受他的影響，朝廷很多皇室官員都信奉佛教。

3 為了積德消災，梁武帝還讓人建造了一座規模宏大的同泰寺，每天早晚都到寺裏燒香拜佛。

4 年老的時候，梁武帝乾脆捨棄皇位，去同泰寺出家做和尚。消息一傳出，全國上下一片譁然。

5 國不可一日無君，大臣紛紛到寺裏勸說梁武帝回朝，繼續主持朝政。結果，梁武帝出家四天後，就被大臣接回了宮。

6 回宮後，梁武帝覺得一般和尚還俗都要出一筆錢向寺院贖身，他卻分文未出，太說不過去了。

7 於是，他又回到了同泰寺當和尚。這次大臣說破了嘴皮，梁武帝還是堅決不回去。

8 大臣急得抓耳撓腮，便聚在一起商量對策。一個大臣說：「皇上既然捨身為僧，那我們就為他『贖身』啊！」

9 於是，大臣趕緊拿了錢去同泰寺為梁武帝「贖身」。收到一大筆贖金後，住持很高興，爽快地同意梁武帝還俗了。

10 可是，沒過多久，梁武帝又厭煩了宮中的生活，第三次跑到同泰寺出家。這次他把自己的身子和全國的土地都給「捨」了。

11 「捨」得越多，「贖身」的錢就越多。大臣花了整整一個月的時間才湊到足夠的錢，再次把梁武帝贖了回來。

12 沒想到，安穩的日子才過了一年，梁武帝又一次跑到同泰寺「捨身」，大臣只好又花錢把他贖回來。

13 梁武帝前後三次「贖身」，把國庫裏的錢都花光了。無奈之下，大臣只好從百姓身上搜刮錢財，填補國庫空缺。

14 梁武帝一心要出家，不理朝政，導致朝廷內外一片混亂。公元549年，東魏降將侯景聯合都城守將蕭正德發動叛變。

15 侯景帶兵攻下梁朝的都城後，將梁武帝軟禁起來。八十六歲的梁武帝最終活活被餓死了。

《文心雕龍》是中國第一部有嚴密體系的文學理論專著，內容豐富，見解精闢。

1 南北朝時期，有一個叫劉勰（粵音：協）的青年。他自幼父母雙亡，獨自過着孤苦伶仃、窮困潦倒的生活。

2 劉勰雖然生活過得貧苦，卻十分好學。哪怕是走在路上，也不忘背誦文章。

3 這天，劉勰路過定林寺附近時，遇到寺裏的老和尚。一番交流下來，老和尚決定幫助他。

4 老和尚帶着劉勰回到寺院，讓他長住下來。劉勰十分高興，連忙跪下謝恩。

5 寺院裏有許多藏書，包括四書五經及歷朝名家的詩集、文集。愛讀書的劉勰如獲至寶，從此就一頭扎進書堆裏。

6 一天夜裏，佛殿裏傳來隱隱約約的讀書聲，從夢中醒來的和尚都吃了一驚，以為寺裏鬧鬼，立刻向方丈報告。

7 他們戰戰兢兢地去捉「鬼」時，才發現那個「鬼」是劉勰。原來，劉勰覺得白天時間不夠用，正借着佛燈苦讀呢。

8 劉勰讀了大量的書後，漸漸地產生了寫書的念頭。他想寫一本論述如何寫文章的書，讓後代子孫可以學習。

9 數年後，劉勰終於寫成了一本名為《文心雕龍》的書。書裏介紹了古代文學的歷史、成就，還有對各種作品的評論。

10 怎樣才能讓別人接受這本書呢？劉勰想到了當時的文壇領袖沈約。他帶着書，四處打聽，終於找到了沈約的住處。

11 但劉勰貌不驚人、衣着簡樸，看門人怎樣也不肯幫他通報，急壞了劉勰。

12 不過，劉勰沒有輕易放棄，他打扮成一個賣書郎，站在沈家附近賣書，時刻關注沈約的動向。

13 這天，他終於看到沈約走出了大門。他連忙衝上去大叫道：「賣書了！賣書了！大人要看一看嗎？」

14 沈約愛書如命，便將書接過去翻了幾頁。沒想到，這本他聞所未聞的書，居然寫得如此精妙，他不禁拍手叫絕。

15 得知這本書就是劉勰所寫，他臉上露出了欣喜的神色，連忙把他請進府裏，盛情招待。

16 此後，沈約每天都把《文心雕龍》帶在身上，時時翻閱。文人雅士聽說了，紛紛前來借閱，他們也對這本書讚不絕口。

17 就這樣，劉勰的《文心雕龍》獲得了文壇的肯定，劉勰也在文壇上有了一席之地。

18 梁武帝在位時，劉勰做過通事舍人、步兵校尉，深受昭明太子蕭統的喜愛。

19 不過，到了晚年，劉勰看破紅塵，出家做了佛門弟子。當了和尚還不到一年，他就去世了。

陳後主亡國

公元557年，陳霸先取代南梁皇帝，登上帝位，改國號為陳，史稱南陳。可是僅僅過了三十多年，陳後主就亡國了。

1 公元582年，南陳的第五位皇帝陳叔寶即位，他就是陳後主。陳後主一即位，就大興土木，為自己的寵妃建造豪華的樓閣。

2 他將國事都拋到腦後，每日和寵妃過着花天酒地、醉生夢死的生活。

3 他身邊的大臣不但不規勸他，反而和他一起宴遊，把酒吟詩。有時，他們還將寫好的一些豔俗詩詞譜上曲，讓宮女演唱。

4 為了維持這種奢靡生活，陳後主到處搜刮民脂民膏。老百姓因此生活得十分困苦，餓死、凍死在路邊的人不計其數。

5 這時，北方已經是隋朝的天下了。隋文帝楊堅見南陳民怨滔天，便找大將高熲（粵音：炯）商議滅陳計劃。

6 隋文帝按照高熲的建議，在南陳水稻收割的季節，揚言要攻打南陳。等南陳的人馬集合完畢時，隋軍又一溜煙全跑了。

7 如此反覆幾次，南陳的農業生產受到了嚴重影響，軍隊士氣也懈怠下來。

8 公元588年，隋朝終於真的要進攻南陳了。隋文帝率五十萬大軍，乘着戰船沿長江浩浩蕩蕩南下。

9 消息傳來時，陳後主跟寵妃、大臣正玩得高興。他滿不在乎地對前來報告的士兵説：「別緊張，他們虛張聲勢而已。」

10 沒有陳軍的阻擋，隋軍很快就渡過長江，來到了建康城下。直到這時，陳後主才如夢初醒，嚇得渾身發抖。

11 他對軍事一竅不通，儘管城裏有十幾萬人馬，他也不知道如何調度指揮，急得和大臣抱頭痛哭。

12 就這樣，隋軍輕而易舉地攻下了建康。隋兵衝進宮中，卻不見陳後主。他們問了幾個被俘的太監，才知道陳後主藏在井裏。

13 隋兵朝井下喊話，並丟下一根繩索，陳後主和兩個寵妃嚇壞了，哆哆嗦嗦地抓着繩索爬上去。

14 陳後主成了俘虜，被押送到了長安。隨着南朝最後一個朝代南陳的滅亡，分裂了二百七十多年的中國又重新統一了。

隋朝大臣趙綽（粵音：桌）掌管執法，他執法嚴明，有時候連隋文帝的面子也不給。

1 隋文帝重視法治，親自參與制定了《開皇律》。他見大臣趙綽為人剛正不阿，便派趙綽專門負責審理刑獄案件。

2 有一次，在隋朝都城街頭，有兩個商人用破損的錢幣換好的錢幣。巡查的士兵見了，立刻把他們抓了起來。

3 不合品質標準的錢幣是嚴禁在市面上流通的。隋文帝知道這件事後，非常生氣，下令要斬殺這兩個商人。

4 趙綽覺得這個處罰過重，便勸阻隋文帝說：「這兩個人應受杖打之刑，殺他們就違法了。」

5 隋文帝正在氣頭上，聽趙綽這麼說更生氣了，板着臉說：「你按照我的命令執行就是了，其他事情跟你沒關係！」

6 趙綽抱拳說道：「陛下讓我執管法律，但是你現在卻打算亂殺人，怎麼能說和我沒關係呢？」

7 隋文帝覺得趙綽的話讓自己下不了台階，惱羞成怒，拂衣而去。

8 後來，又有大臣上書懇切地勸諫隋文帝。隋文帝思慮再三，最終只是下令杖打那兩個商人一頓。

9 這兩個商人獲救後，跪到趙綽府上，跪在地上說：「感謝趙大人，如果沒有你襄助，我們早就性命不保了！」

10 趙綽一邊把他們扶起來，一邊淡淡地說：「不用感謝我，我只是依法辦事而已。這種事情可千萬不要再犯了！」

11 這件事很快就傳開了，百姓都紛紛稱讚趙綽是個正直不阿、執法嚴明的好官。

隋煬帝修大運河

公元604年，隋文帝駕崩，楊廣即位。他為滿足自己的奢靡生活，遷都城、建宮殿、修運河，給老百姓帶來苦難。

1 楊廣，史稱隋煬帝，他登基不久就決定把都城從長安遷到洛陽，還派大臣宇文愷（粵音：海）負責修建洛陽城。

2 為了迎合隋煬帝的奢靡本性，宇文愷把工程規模弄得特別宏大，僅建造宮殿的一根巨大木柱就動用上千人來拉。

3 宇文愷還在洛陽西面修建了一座大花園，專供隋煬帝賞玩。園裏不僅有奇花異草、亭台樓閣，還有人造的海和仙山。

4 新都建好後，隋煬帝還想要修建大運河，這樣就能坐着船去遊玩了；想要好吃的好玩的，也能通過運河送過來。

5 他先下令徵調運河沿線的一百多萬百姓，修建了通濟渠。隨後又疏通拓寬邗溝（邗，粵音寒），使運河通到了長江。

6 以後的幾年裏，隋煬帝又兩次徵調民工，向北開通了到涿郡（涿，粵音啄）的永濟渠，向南開通了到餘杭的江南河。

7 最後，這四條運河都連接起來了，成了一條貫通南北，全長五千多里的大運河。

8 大運河完工後，隋煬帝就開始巡遊了。他和皇后分別乘坐兩艘四層高的龍船，而嬪妃宮女、王公貴族、文武百官則乘坐彩船和補給船緊隨其後。數千艘船排開後，有兩百多里長。為了保證船隊順利航行，朝廷徵發了八萬多民工拉縴（即是在河兩岸用繩子拉船），還有騎兵夾岸護送。

9 船隊每停靠一個地方，方圓五百里的百姓都要來進獻食物，而且食物檔次不能低，必須是美味佳餚、山珍海味。

10 隋煬帝的連番折騰，讓百姓苦不堪言，也把國庫揮霍空了，隋朝很快走到盡頭。

隋煬帝的暴行引起了民怨，各地紛紛爆發起義，其中瓦崗軍的聲勢最為浩大。

1 隋煬帝好大喜功，為了炫耀武功，他四處征戰。公元612年，隋煬帝出兵百萬攻打高句麗（句，粵音勾），卻慘敗而歸。

2 隋煬帝不死心，一年後又親自率兵攻打高句麗。這次他派大臣楊玄感負責轉運糧草。

3 楊玄感的父親楊素因遭隋煬帝猜忌抑鬱而終。楊玄感懷恨在心，他把運送糧草的八千民工組織起來，準備起義。

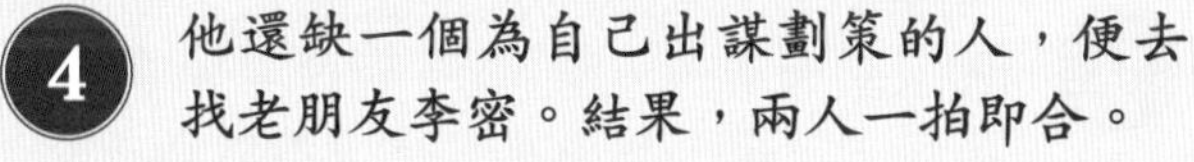

4 他還缺一個為自己出謀劃策的人，便去找老朋友李密。結果，兩人一拍即合。

5 楊玄感帶領起義軍一路向洛陽打去。沿途有很多農民紛紛加入，這支隊伍迅速發展壯大至十萬人。

6 遺憾的是，起義軍很快就被隋煬帝派出的軍隊消滅了。楊玄感在混亂中被殺，而李密僥倖撿回了性命。

7 李密投奔了當時實力比較強大的另一支起義軍——瓦崗軍。瓦崗軍的首領翟讓（翟，粵音宅）驍勇善戰、膽識過人。

8 李密加入瓦崗軍後，幫助翟讓整頓隊伍，並積極與其他各路起義軍聯合，很快就攻下了滎陽（滎，粵音形）。

9 隋煬帝派大將張須陀鎮壓起義。李密請翟讓正面迎敵，自己則帶領軍隊在林子裏設下埋伏，將隋軍打得潰不成軍。

10 第二年春天，李密本想趁隋煬帝到江都巡遊的機會，進攻兵力空虛的洛陽。沒想到，朝廷早就有所察覺，加強了防禦。

11 李密當機立斷，轉而建議攻打洛陽附近的興洛倉。興洛倉是隋朝最大的糧倉，起義軍一鼓作氣，一舉佔領了那裏。

12 隨後，瓦崗軍下令開倉放糧。忍飢挨餓的百姓聽到這個好消息後，蜂擁而至，對瓦崗軍充滿了感激之情。

13 很多起義軍都被瓦崗軍的義舉打動，紛紛前來歸附。翟讓覺得李密比自己更有才能，乾脆讓出了首領的位置。

14 李密取得瓦崗軍的領導權後，卻不顧情義，設計殺害了翟讓，以鞏固自己的地位。

15 從這以後，瓦崗軍內部便矛盾重重，開始走下坡路。後來，起義軍遭到隋將王世充的打擊，潰不成軍，就此瓦解。

隋末農民起義此起彼伏，隋王朝岌岌可危，貴族李淵順應民意，建立了一個全新的朝代唐朝。

1 李淵本是隋朝的貴族，靠繼承祖上的爵位成了唐國公。公元617年，李淵被隋煬帝派往太原留守。

2 李淵到了太原後，一些士族子弟為了逃避遼東兵役，紛紛投靠了他，李淵的實力逐漸強大起來。

3 當時，農民起義頻頻發生，隋朝眼看就要分崩離析。李淵的次子李世民勸他早日起兵，推翻隋朝，李淵卻堅決拒絕。

4 李世民反覆勸説李淵，李淵才聽從了他起義的建議。之後，李淵又聽從李世民的建議，派劉文靜去招兵買馬。

5 為了防止腹背受敵，劉文靜還準備了厚禮，前去與北面的突厥結交。突厥高興地答應，還承諾一起反隋。

6 李淵沒有了後顧之憂，這才正式起兵，浩浩蕩蕩地領着三萬人馬往長安殺去。

7 這支軍隊所到之處秋毫無犯，而且打到哪裏就打開哪裏的糧倉救濟貧民，因此得到了百姓的擁護。

8 很快，起義軍就攻下了長安。李淵宣布廢除隋朝苛刻的法令，並立隋煬帝的孫子楊侑（粵音：又）做了傀儡皇帝。

9 直到那時，隋煬帝還沒意識到自己的處境有多危險。他見時局混亂，乾脆躲到了揚州，繼續過他的快活日子。

10 隋朝大將宇文化及眼看國家沒救了，不想跟着送死，便發動政變，派人把隋煬帝殺了。

11 李淵得知隋煬帝被殺的消息，便索性廢了楊侑，自己即位稱帝，改國號為唐，史稱唐高祖。

唐朝建立沒多久，都城長安便發生了玄武門之變，秦王李世民成為太子。

1 李淵立長子李建成為太子，次子李世民為秦王，四子李元吉為齊王。次子李世民最有才幹，謀臣武將都紛紛投靠他。

2 這讓太子李建成心裏非常不安，他生怕自己的太子之位不保，便和弟弟李元吉聯合起來，一起排擠李世民。

3 兄弟倆經常給唐高祖的寵妃送禮，討她們的歡心，目的是希望她們在唐高祖耳邊多説些李世民的壞話。

4 於是，寵妃不時在唐高祖面前議論太子的好、李世民的壞。唐高祖聽多了，漸漸也開始疏遠李世民。

5 李建成仍不放心，在李元吉的再三建議下，他萌生了殺死李世民的念頭。一天，李建成邀請李世民到他府裏喝酒。

6 李建成在李世民的酒裏下毒。李世民沒喝幾杯，便覺得心口絞痛。

7 他趕緊告辭回家，找來太醫為他醫治，這才保住了性命。

8 後來，李建成又生一計。當時突厥正犯中原，他向唐高祖建議，派李元吉迎戰，並讓李世民手下的猛將一起出征。

9 明眼人一看就知道，李建成是想調開李世民的左膀右臂。李世民的手下很着急，紛紛勸諫李世民先下手為強。

10 李世民連夜進宮，向唐高祖揭穿了李建成的陰謀。唐高祖聽了十分震驚，決定第二天一早宣三兄弟當面對質。

11 但其實李世民心裏有另一個計劃。隔天早上，他派長孫無忌和尉遲敬德（尉，粵音屈）帶兵埋伏在皇宮北面的玄武門。

12 沒過多久，李建成和李元吉便騎着馬朝玄武門來了。他們來到玄武門附近，發現守衛都很陌生，氣氛也很反常。

13 他們越想越覺得不對勁，調轉馬頭準備離開。就在這時，李世民「嗖」的一箭，射死了李建成。

14 李元吉嚇得不輕，拍馬快跑，可哪裏還逃得了？尉遲敬德帶着七十名騎兵飛奔趕來，一刀將李元吉斬落馬下。

15 東宮和齊王府的士兵聽説李建成和李元吉出了事，全都向李世民攻過來，雙方戰得不可開交。

16 唐高祖正在宮中等候三個兒子，卻見尉遲敬德風風火火地跑進來說：「太子和齊王謀反，秦王特派臣前來護駕！」

17 唐高祖忙問太子和齊王在哪裏。尉遲敬德回答：「已被秦王殺死！還請陛下下令，命東宮和齊王府護衛停止抵抗。」

18 事情發展到這一地步，唐高祖想反對也沒用了，只好下旨讓兩邊停戰，並冊封李世民為太子。

19 兩個月後，唐高祖傳位給李世民，是為唐太宗，自己則做了太上皇。李世民登基後勵精圖治，拉開了盛唐的序幕。

薛仁貴三箭定天山

薛仁貴是唐朝一位有名的將領，在民間流傳着許多有關他的故事。

1 唐太宗貞觀年間，遼東出現叛亂。唐太宗派人廣貼通告，招募士兵征討遼東。

2 當時，有一個叫薛仁貴的窮苦農民，他本是名將之後，長得相貌堂堂，而且氣力過人。在妻子的鼓勵下，他也參軍入伍了。

3 公元645年，唐太宗率軍浩浩蕩蕩奔赴遼東。可剛到遼東安地，唐將劉君昂便遭到了高句麗軍的圍困。

4 在這千鈞一髮之際，薛仁貴挺身而出。他拍馬殺向敵軍，直取敵軍主將的頭顱，並將這顆頭顱掛在馬上。

5 高句麗軍見狀嚇得兩腳發軟，紛紛落荒而逃。就這樣，劉君昂脫險了，薛仁貴也因這一戰而成名。

6 不久，唐軍與高句麗軍再次對陣。敵軍中有一名將領武功十分了得，唐太宗派出去的將領全都成了他的手下敗將。

7 唐太宗心急如焚，就在這時，薛仁貴主動請戰。唐太宗見薛仁貴信心滿滿，便同意讓他前去。

8 薛仁貴手持方天畫戟，腰掛弓箭，飛馬而去。那名敵軍將領還沒反應過來，就被薛仁貴一戟刺於馬下。

9 唐太宗趁亂帶軍衝殺過去，一時間敵軍死傷無數。

10 唐軍大獲全勝，唐太宗非常高興，封立下頭等功的薛仁貴為右領軍中郎將。

11 李世民去世後，九姓突厥（九個部落聯盟）頻頻擾亂邊境。唐高宗李治認為薛仁貴英勇善戰，便派他前去平亂。

12 薛仁貴接到命令後，立即率軍前去抗擊敵軍。經過幾個月的艱苦行軍，唐軍終於來到天山腳下安營紮寨，準備第二天與九姓突厥交戰。九姓突厥部隊有十萬多人，唐軍只有三萬多人。九姓突厥首領自以為勝券在握，便派了幾十個驍勇的將領前來挑戰。

13 薛仁貴單騎而出，然後勒住馬，彎弓搭箭，「嗖」的一聲射去，敵方衝在最前面的將領就被射中咽喉。

14 那些突厥將領見了，十分吃驚，還沒來得及勒住馬，薛仁貴又射出了第二枝箭，衝在第二位的敵軍將領倒地身亡。

15 敵軍將領嚇得膽戰心驚。這時，薛仁貴又射出第三枝箭，又有一名敵軍將領身亡。

16 敵軍頓時大亂，急忙往後撤退。他們退到一個山谷時，遭遇了如雨點般射來的亂箭。原來薛仁貴早就在此地設下埋伏。

17 這一戰敵軍死傷慘重。九姓突厥被薛仁貴的英勇與足智多謀所折服，表示願意歸順唐朝。

18 薛仁貴安撫好降軍後，便班師回朝。一路上，將士心情大好，紛紛高聲唱道：「將軍三箭定天山，戰士長歌入漢關。」

文成公主嫁到了偏遠的吐蕃國，她不僅促進了漢藏兩族的友好關係，對吐蕃的發展也做出了巨大貢獻。

1 西部的吐蕃（今西藏）有一位文武雙全的領袖，叫松贊干布。他精通騎射，愛好寫詩，深受百姓擁護。

2 松贊干布一直很仰慕唐朝文化，曾多次派出使者去長安進行友好交流。

3 當時，許多少數民族都以與唐朝宗室結親為榮。於是，松贊干布特意派使者前去長安求親，但唐太宗沒有答應。

4 吐蕃使者回去後怕松贊干布責備他辦事不力，便撒謊說吐谷渾（粵音：突肉雲）王也前去求親，被他捷足先登了。

5 吐蕃和吐谷渾本來就有矛盾，松贊干布聽了後勃然大怒，立即起兵攻打吐谷渾，吐谷渾被打敗了。

6 松贊干布還不解氣，他覺得唐朝既然看不起吐蕃，那就讓唐太宗瞧瞧他的厲害。他領着軍隊，一路打到了唐朝境內。

7 唐太宗聽說吐蕃軍來犯，立即派人領軍反擊。看到唐軍來勢洶洶，吐蕃將士也無心應戰，松贊干布只得向唐朝求和。

8 公元640年，松贊干布派了宰相祿東贊再往長安求親。祿東贊帶了一支一百多人的隊伍，還攜帶了大量金銀珠寶。

9 唐太宗親自接見了這支求親隊伍。祿東贊極力誇讚松贊干布年輕有為、聰明能幹，説服唐太宗，最終唐太宗同意和親。

10 唐太宗從皇族中挑選了一位美麗聰慧的姑娘，封她為文成公主，準備將她嫁給松贊干布。

11 公元641年，文成公主進吐蕃。她帶去了金銀珠寶、綾羅綢緞、各種農作物種子、大量書籍及許多能工巧匠。

12 松贊干布很高興，親自率領迎親隊伍，趕到柏海迎接。

13 松贊干布按照漢族的風俗，在柏海舉行了一場熱熱鬧鬧的婚禮。

14 他帶着文成公主回到都城邏些（今西藏拉薩）時，人們載歌載舞，歡騰雀躍，歡迎她的到來。

15 松贊干布很寵愛文成公主，他仿照大唐的建築風格修建了一座宮殿，給文成公主居住，那就是著名的布達拉宮。

16 當時吐蕃的農業生產還很落後，文成公主把帶來的穀物種子、農耕工具分發下去，並讓隨從人員教大家耕種的方法。

17 文成公主帶去的能工巧匠，向當地百姓傳授紡織、製陶、釀酒等先進的生產技術，促進了當地經濟的發展。

18 當地缺醫少藥，文成公主便吩咐隨行的中原大夫給大家看病。她帶去的醫學論著推動了當地的醫學發展。

19 文成公主在吐蕃生活了近四十年。直到現在，文成公主和松贊干布的塑像還被供奉在西藏的布達拉宮和大昭寺內。

「藥王」孫思邈

唐朝時，有一位名叫孫思邈（粵音：秒）的著名醫學家。他所編寫的醫書對中國醫學的發展產生了深遠的影響。

1 孫思邈小時候是個病秧子，父母為了給他治病費盡了心血。於是，他立志學醫，希望自己能拯救千千萬萬的病人。

2 孫思邈一邊鑽研醫書，總結歷代的醫學經驗，一邊翻山越嶺，上山採藥，了解更多藥草的特點和作用。

3 二十多歲時，孫思邈已經是當地小有名氣的大夫了。他對待病人，無論是貧富貴賤，都一視同仁，因此深受百姓愛戴。

4 相傳，有一次孫思邈外出行醫時，遇到了送葬的隊伍。幾個人抬着一口棺材往前走，一個青年哭哭啼啼地跟在後面。

5 孫思邈停在路邊，給送葬的隊伍讓道。忽然，他看見一滴滴鮮紅的血從棺材縫裏滴落下來。

6 「請留步！」孫思邈激動地喊道，「快把棺材打開，裏面的人說不定還有救！」眾人聽了，都愣在原地。青年吃驚地瞪圓了眼睛，回頭問：「我妻子因難產而死，都斷氣兩個時辰了，怎麼可能還有救？」孫思邈卻堅持要青年開棺。

7 青年半信半疑，讓人打開了棺蓋。只見棺材裏的孕婦腹部高高隆起，臉上已經沒有一絲血色。

8 孫思邈俯下身子，探了探孕婦的鼻息和脈象，然後拿出銀針，在她的穴位上扎了幾下。

9 不過一盞茶的工夫，那孕婦便呻吟一聲，睜開了眼睛。眾人見了，都高興得又笑又跳。

10 按着，孕婦的腹部也動了起來。孫思邈趕緊讓青年扶着孕婦到林子的隱蔽處，準備為孕婦接生。

11 沒過多久，隨着「哇」的一聲啼哭，一個白白胖胖的嬰兒出生了。青年感動得說不出話來，跪在地上連連叩頭感謝。

12 這件事傳出去後，人人都說孫思邈有起死回生之術，上門求醫的人就更多了。

13 有一年，唐太宗李世民患上了心口痛的毛病，御醫治了好久都沒能治好。

14 後來，有人向唐太宗推薦了孫思邈，說他醫術高超，診治過無數疑難雜症。唐太宗馬上把孫思邈召進宮來為自己診治。

15 孫思邈進宮後，通過一番望聞問切，很快就治好了唐太宗的病。

16 唐太宗很高興，想要孫思邈進太醫院為官，但是被他拒絕了，唐太宗只好封他為「藥王」。

17 孫思邈繼續在民間為百姓治病，還將自己對各種病症的治療方法編成了《千金要方》和《千金翼方》兩部醫學寶典。

18 孫思邈高尚的醫德和精湛的醫術一直受到世人尊敬。他晚年隱居的五台山被稱為「藥王山」，山上還建有藥王廟。

一代女皇武則天

在經歷了唐太宗的「貞觀之治」後，唐朝步入了繁盛時期。後來，武則天登基，成為了中國歷史上唯一的女皇帝。

1 武則天出生於一個官宦之家，從小就聰明機靈。她的父親覺得她是個可造之材，於是請來教書先生教她讀書識字。

2 到了十四歲，武則天已經出落得亭亭玉立。唐太宗聽說她長得漂亮，而且很有才華，便徵召她入宮。

3 母親在為她送別時傷心落淚，武則天卻神色自若地安慰她說：「入宮是件光耀門楣的事情，請母親別傷心了。」

4 進宮後，武則天受到了唐太宗的寵愛，被封為才人（後宮嬪妃的一種稱號），賜號「武媚」。

5 有一次，唐太宗得到一匹叫獅子驄（粵音：充）的烈馬，他帶着眾多妃子前去觀看，武則天也在其中。

6 唐太宗問妃子，有沒有辦法馴服這匹烈馬。妃子都不敢接話，只有武則天站了出來，說：「陛下，我能。」

7 她說：「用鐵鞭、鐵錘和匕首就行。馬不聽話就用鐵鞭抽打牠，不服就用鐵錘敲牠的頭，再不行就用匕首殺了牠。」

8 唐太宗聽了哈哈大笑。自此他對這位性格潑辣的妃子，更加寵愛了。

9 公元649年，唐太宗駕崩，李治繼位。此時，武則天不過二十五歲，卻因為是先皇的妃子，必須要到感業寺做尼姑。

10 唐高宗李治在當太子時就喜歡武則天。兩年後，他費盡心思將武則天接回來，封她為昭儀，武則天從此極受寵愛。

11 公元655年，唐高宗不顧滿朝文武百官的反對，廢掉了王皇后，冊立武則天為新皇后。

12 過了幾年，唐高宗的頭暈病日益嚴重。他發現武則天對治國很有見地，就把一些奏摺交給她處理。

13 武則天在朝中的影響力越來越大，後來連唐高宗做什麼都要得到她的同意，這讓唐高宗非常不滿。

14 一次，老臣上官儀對唐高宗說：「皇后專權，有失民心，請陛下廢黜她吧。」不料，他們的對話被旁邊的太監聽見了。

15 這個太監是武則天的心腹，馬上向武則天報告。武則天立即趕來責問，唐高宗嚇得把責任都推到了上官儀身上。

16 不久，武則天就隨便找個罪名，殺掉了上官儀。

17 從此以後，唐高宗上朝，武則天都要垂簾並坐，大小事務都由她來決定。朝廷內外將他們並稱為「二聖」。

18 唐高宗病逝後，武則天先後立了兩個兒子為皇帝，但又將他們廢黜，仍舊由她自己掌握朝政。

19 公元690年，六十七歲的武則天覺得時機已經成熟，於是正式稱帝，改國號為周。一代女皇正式開始了她的統治時代。

狄仁傑（狄，粵音迪）在仕途上歷經幾次沉浮，最終官至宰相，成了武則天的得力助手。

1 唐朝時，山西太原有一個叫狄仁傑的人。他出身於官宦之家，從小就用心苦讀，立志進入官場，為百姓造福。

2 唐高宗儀鳳年間，狄仁傑擔任大理寺丞，負責審理刑獄案件。僅僅一年，他就審理了案件上萬起，審判結果很令人信服。

3 有一年，武衛大將軍權善才誤砍了唐太宗陵墓的柏樹，有人向唐高宗報告了此事。

4 唐高宗勃然大怒，認為權善才此舉將自己置於不孝的境地。他找來狄仁傑，要求狄仁傑立即處死權善才。

5 按律令，權善才應當免官，遠遠不到殺頭的程度，所以狄仁傑反覆向唐高宗強調這不合法理。

6 唐高宗見狄仁傑竟敢頂撞自己，氣得火冒三丈，在一旁的大臣見了都為狄仁傑捏了一把汗。

7 後來，唐高宗冷靜下來後，才收回成命，免除了權善才的死刑。

8 武則天執政後，政績突出的狄仁傑被升任為宰相。狄仁傑剛正不阿，惹惱了當時一位叫來俊臣的酷吏。

9 不久，來俊臣誣陷狄仁傑謀反，將他逮捕入獄。在獄中，狄仁傑被酷刑折磨，生不如死，只得認下謀反的罪名。

10 一天，狄仁傑趁獄卒不注意，從被子上偷偷撕下一塊布，寫了一份申冤的訴狀。

11 他將寫好的訴狀藏在棉衣的夾層裏。之後，他以天熱為由，請求獄吏將棉衣拿給自己的家人拆洗。

12 獄卒不以為意，將棉衣交給了狄仁傑的家人。狄仁傑的兒子發現棉衣中的訴狀後，立即拿着它去武則天面前喊冤。

13 武則天覺得事有蹊蹺，便親自提審狄仁傑，真相終於水落石出。狄仁傑雖無罪釋放，但還是被貶為彭澤縣令。

14 狄仁傑來到彭澤縣，當了一個小小的縣官。但他沒有因此消沉，反而在當地為百姓做了許多實事，讓百姓得以安居樂業。

15 狄仁傑出色的政績引起了武則天的注意。來俊臣死後，她又召狄仁傑回朝，並且任命狄仁傑為宰相。

16 狄仁傑能言善辯，説話做事有理有據。在此期間，他輔助武則天處理了許多政事，還向她推薦了不少傑出的人才。

17 武則天很信任狄仁傑，後來她還聽從狄仁傑的建議，還政於唐，親自將廬陵王李顯迎接回宮。

18 狄仁傑年老後，多次要求告老還鄉，武則天都沒有同意。公元700年，兢兢業業一輩子的狄仁傑因病去世。

19 噩耗傳來，滿朝悲痛，武則天也忍不住傷心落淚，感歎道：「朝堂空也。」

李白是唐朝最偉大的詩人之一，在中國文學史上也舉足輕重。他一生創作了大量的詩篇，有「詩仙」的美譽。

1 李白，字太白，原籍隴西成紀。五歲時，他跟隨父親搬到綿州昌隆青蓮山居住，所以他自號「青蓮居士」。

2 李白十歲時已經讀通詩書，二十歲開始遊歷名山大川。那些雄偉壯麗的山川讓他形成了豁達樂觀、豪放不羈的性格。

3 後來，李白遇見了道士司馬承禎（粵音：晶）。對方見他氣宇軒昂，所寫的詩篇也文采飛揚，稱讚他有仙風道骨。

4 李白聽後大受鼓舞，回去寫了一篇《大鵬遇稀有鳥賦》，以大鵬自喻。這是他的成名之作，很快他便揚名天下。

5 公元742年，李白奉詔來到長安，著名詩人賀知章去拜訪他，在讀過李白的《蜀道難》後，說他是被貶謫下凡的詩人。

6 李白進宮朝見的那一天，唐玄宗設宴款待他，並且親自為他調製湯羹。才華橫溢的李白很得唐玄宗歡心，被封為翰林供奉。

7 但唐玄宗貪圖享樂，只把李白當作一個可以隨意拿捏的宮廷詩人，這讓李白覺得很鬱悶，常常借酒消愁。

8 一次，唐玄宗想找李白填詞，可找了大半天都沒找到人。最後，一個太監在一家酒館找到他，原來他喝得酩酊大醉。

9 李白回宮後還醉得稀裏糊塗，竟叫唐玄宗的太監幫他脱靴。那個太監叫高力士，是最受唐玄宗寵愛的太監。

10 高力士感覺自己被侮辱了，對李白懷恨在心。後來，他多次故意歪曲李白的詩，讓唐玄宗漸漸疏遠了李白。

11 李白鬱鬱不得志，便辭官回鄉了。他有時隱居讀書，有時周遊各地，寫下了許多歌頌祖國大好山河的詩篇。

12 後來，安史之亂爆發，唐玄宗逃往蜀地，封永王李璘為節度使，坐鎮江陵，李白便在這個時期加入永王的幕府。

13 不久，太子李亨登基，是為唐肅宗。唐肅宗不信任弟弟永王，在他的逼迫下，永王只好起兵謀反，結果兵敗身亡。

14 李白因此受到牽連，被判處死刑。幸好朝廷重臣郭子儀為他說情，他才被改判為流放，並在流放途中被赦免。

15 公元762年，李白被拜為左拾遺，但詔書還沒送到，六十二歲的他就離開人世，給世人留下了許多瑰麗的詩篇。

為了弘揚佛法，鑒真和尚六次東渡，最後終於到達日本，為中日兩國人民的交流作出了貢獻。

1 鑒真原姓淳于，他從小對佛學感興趣，十四歲時就在揚州大雲寺出家。

2 鑒真出家後，常年在長安、洛陽等地遊歷，與當地名僧談論佛法。二十多歲時，他已經成為一位學識淵博的高僧。

3 到了二十六歲時，他回到揚州，做了大明寺的住持。由於他德高望重，前來受戒的信眾數以萬計。

4 當時日本常派遣唐使來唐朝學習。有一年，僧人榮睿、普照隨遣唐使入唐，他們想聘請高僧回日本傳授戒律。

5 他們在唐朝境內四處尋訪了十年，終於打聽到享有盛譽的高僧鑒真。他們拜訪鑒真，懇切地請求他東渡傳教。

6 鑒真認為日本是一個有緣之國，於是召集眾弟子，詢問有誰願意去日本。弟子聽了都面露難色。

7 雖然鑒真已經五十五歲，年事已高，但他激動地站起來說：「為了弘揚佛法不惜犧牲性命！你們不去，我去！」

8 在座的弟子都被鑒真這番豪言壯語打動了，紛紛表示願意追隨他東渡日本。

9 即將啟航時，一個叫道航的弟子跟其他弟子說：「如海師弟既沒學識，品性也不好，不該讓他一起去。」

10 道航的玩笑恰巧被如海聽見。如海一怒之下向官府誣告道航私自打造船隻，準備勾結海盜來攻打揚州。

11 官府得到消息，急忙派遣官兵前來搜查罪證，並拘禁了大明寺內所有僧人，只有鑒真不在寺內，逃過一劫。

12 雖然案件查清後，僧人都被釋放，但為東渡準備的船隻和糧食全被官府扣押。鑒真的第一次東渡計劃夭折了。

13 兩年後，心有不甘的鑒真帶領着僧人及雇來的工匠共一百多人，悄悄從杭州起航。

14 然而，他們的船出海不久，就遇上大風浪，觸礁沉沒。

15 一行人漂流到一個荒島，忍飢挨餓了整整五天，才終於被路過的漁船救起，送到寧波的阿育王寺。

16 鑒真仍不死心，又進行了第三、第四次東渡，但是這兩次東渡都因為遭到官府阻攔，只好作罷。

17 公元748年，鑒真率隊第五次東渡起航。他們從揚州崇福寺出發，不久便遇到風暴，船隻停泊了數月才繼續出發。

18 風暴過後，這艘船如同一片葉子漂浮在茫茫大海上，一行人靠吃生米、飲海水支撐了十四天，才終於看到陸地。

19 他們上岸後發現到達的是海南島。他們在海南停留了一段時間，準備北返，再次東渡。途中，日本僧人榮睿病逝。

20 鑒真因為悲傷過度，加上旅途勞累，突發眼疾，導致雙目失明。不久，鑒真的大弟子病重去世。第五次東渡失敗了。

21 儘管經受重重打擊，鑒真仍不放棄東渡。公元753年，六十六歲的鑒真搭乘日本遣唐使的船隻，開始第六次東渡。

22 十二月，鑒真一行人終於到達了日本薩摩，受到日本人民的熱烈歡迎。

23 後來，鑒真建造了唐招提寺，給日本人授戒講經。他還把中國的書法藝術、醫學知識等帶到日本，促進了中日文化交流。

《西遊記》裏唐僧取經是吳承恩筆下虛構的故事。但在歷史上，確實有唐僧取經的真人真事

1 玄奘（粵音：狀），原名陳禕（粵音：衣），十三歲就出家做了和尚，一直潛心研究佛學。

2 後來，玄奘到處拜師學習，年紀輕輕就精通不少佛教經典，因此被尊稱為「三藏法師」。

3 玄奘發現很多翻譯過來的佛經都有錯誤，甚至前後矛盾，便決定前往佛教的發源地天竺（今印度）尋求真經。

4 他多次上書，請求唐太宗允許他西行求法。但由於當時邊境不太安定，唐太宗沒有同意，還下旨禁止他出關。

5 公元629年，發生了饑荒，朝廷准許百姓四處逃難。玄奘便混在一羣穿着破爛的難民中離開長安，踏上了取經之路。

6 可是，他在經過涼州邊境時，被守關士兵識破了。守關士兵不敢違背朝廷的禁令，打發玄奘回長安。

7 當地的一名法師被玄奘的勇氣和志向所打動，於是派人幫助他在夜間越過邊防，混出了最後一道關口——玉門關。

8 途中，一位老人得知他要去天竺取經，大為感動，豪爽地送給他一匹識途的老馬。

9 玄奘穿越沙漠時，把水袋打翻了。他非常懊惱，本打算折返長安，但又不甘心就此放棄，便繼續西行。

10 茫茫沙海，一望無際。火辣辣的太陽，烤得玄奘口乾舌燥，兩眼發昏。他終於堅持不住了，兩眼一黑，昏了過去。

11 半夜，一陣涼風把他吹醒了。他睜眼一看，只見月光之下，眼前一片波光粼粼。原來，老馬馱着他在附近找到了水源。

12 玄奘終於走出了沙漠，到達高昌。高昌王信仰佛教，聽說高僧玄奘到來，忙出宮迎接。

13 高昌王懇求玄奘留下來講經，但玄奘志存高遠，堅持要繼續西行。高昌王便派二十五個人帶着三十匹馬護送他西去。

14 玄奘一行人翻雪山、越冰河，走了整整一年的時間，終於到達佛教聖地天竺。

15 在天竺，玄奘訪問了許多佛教聖地，並拜當地有名的高僧為師。

16 他還去了天竺最有名的那爛陀寺，在那裏潛心攻讀佛經和許多重要典籍。五年後，他掌握了天竺最高水準的佛學理論。

17 那爛陀寺所在的摩揭陀國國王曾召開一場佛學大會，請玄奘和與會者辯論。玄奘的精彩演講讓所有人心悅誠服。

18 公元645年，玄奘帶着六百多部佛經，回到闊別了十多年的長安。唐太宗熱情地接見他，還讓他專心翻譯佛經。

19 玄奘早起晚睡，翻譯佛經。他還和弟子一起編寫了《大唐西域記》，記載他所到國家的地理情況和人文風俗。

唐代時，書法藝術高度繁榮，出現了許多書法大家，當中包括張旭（粵音：郁）及懷素和尚。

1 張旭是草書風格「狂草」的開山鼻祖。據説，他非常愛喝酒，每次喝醉都會奮筆疾書，因此大家都叫他「張顛」。

2 有一次，張旭醉得厲害，他把自己的頭髮蘸上墨汁寫字。等他酒醒後一看，字寫得非常好，連他自己也覺得神奇。

3 張旭注重從自然界中找靈感，時常觀察鳥獸蟲魚、花草樹木、電閃雷鳴等事物的特點和變化。

4 有一次，他和朋友去看雜耍。有個叫公孫大娘的女子舞起劍來，行雲流水，瀟灑自如，這讓張旭從中領會到筆法。

5 由於張旭善於觸類旁通*，書法技藝突飛猛進，所以他的作品受大家喜愛。他在常熟做官時，有個老人拿着訴狀前來。

6 沒幾天，這個老人又來了。張旭責問他為什麼這麼小的事也來打擾官府，老人説：「我是為了收藏你的墨寶啊！」

7 張旭曾被請到皇宮表演。他在白綾上筆走龍蛇，將狂草藝術發揮到了極致，連唐玄宗都被他的字深深折服。

*觸類旁通：掌握了某種事物的知識或規則後，能夠舉一反三。

8 當時，很多人登門拜訪，向張旭請教書法秘訣。後來，唐文宗更下詔書向全國宣稱張旭是大唐三絕*之一。

9 在張旭之後，還有一位與他齊名的草書大師，那就是懷素和尚。懷素和尚在研究佛學之餘，對書法產生了極大的興趣。

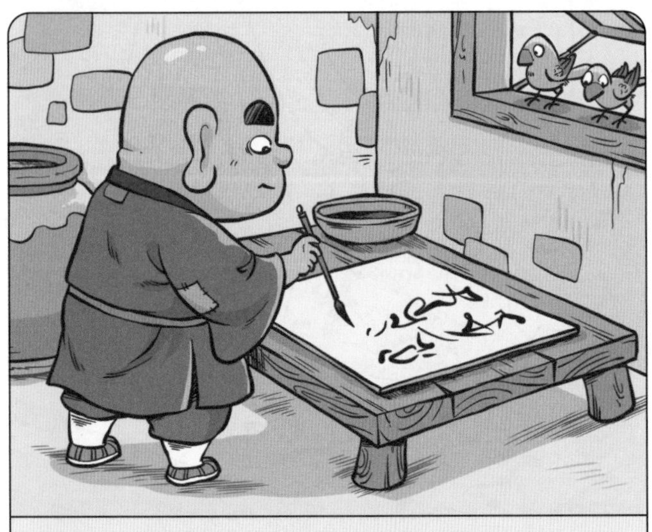

10 可是他生活清苦，沒有多餘的錢買紙張和硯台。於是，他找來木盤當硯台，找來一塊木板漆上白漆，當練字板。

11 他一有空閒，便在木板上練字。時間久了，木板都被他的筆力磨穿了。

*大唐三絕：其餘兩絕為李白的詩歌以及裴旻的舞劍。

12 懷素和尚還在寺院裏種了上萬棵芭蕉樹。他採摘芭蕉葉當紙，臨帖練字。

13 後來，老芭蕉葉被採光了，他捨不得用小嫩葉，乾脆用筆墨在芭蕉樹幹上練字。

14 懷素是個酒肉和尚，每次喝醉都愛在寺院裏到處寫字，牆壁、衣服、器皿上都留下他的墨跡，因此有「醉僧」之稱。

15 人們把張旭與懷素和尚並稱為「顛張醉素」，他們開創了「狂草」這一書法風格，對書法發展產生了深遠的影響。

唐玄宗即位以來，任用賢臣，開啟了開元盛世，然而後來的宰相李林甫（粵音：普），卻是一個卑鄙無恥的小人。

1 李林甫本是吏部侍郎，本事沒有多少，但是極會討好嬪妃、結交宦官。

2 這樣一來，朝廷有什麼事，皇上有什麼打算，他都了解得清清楚楚，因而上奏章時總是能討唐玄宗的喜歡。

3 當時，張九齡任宰相，他為人正直，只要他認為不對的，無論大事小事都要與唐玄宗爭個不休。

4 李林甫趁機在皇上面前說張九齡的壞話。聽得多了，唐玄宗便慢慢疏遠張九齡，最後竟然罷了他的官，讓李林甫當了宰相。

5 從此，朝廷上下的官員都畏懼李林甫的權勢，大多選擇明哲保身的態度，再也沒人敢對唐玄宗忠言直諫了。

6 李林甫為了獨攬大權，還想方設法把唐玄宗和大臣隔絕開來，不許大臣向皇帝上奏章。

7 一位諫官看不慣李林甫的做法，依舊向唐玄宗奏了一本，結果第二天就被貶到外地去了。

8 李林甫為人十分陰險，他往往當面百般奉承，十分友好，暗中卻要置人於死地，因此人們根本猜不到他在想什麼。

9 那些威脅到李林甫地位和權勢的人，都逃不過他那一套害人的手法。所以，人們都說李林甫「口有蜜，腹有劍」。

10 唐玄宗曾想廣求天下人才，但李林甫擔心讀書人會在文章中揭露他的惡行，便想出一個壞主意。

11 他提議讓郡縣長官加以甄選，將優秀的人才都送到京師複試，再選出名副其實的推薦給皇上。唐玄宗同意了。

12 很快，各地選送的讀書人都被送到京師，但是，到最後李林甫卻叫考官一個也不要錄取。

13 李林甫還向唐玄宗道賀說：「野無遺賢！」意思是說，民間沒有遺漏的賢能之人，天下人才早已被皇帝錄用了。

14 由於節度使可升任宰相，李林甫便提出讓胡人擔任節度使，因為當時規定胡人不能升任宰相，這樣便不會損害他的權力。

15 沒想到，唐玄宗竟然也同意了。混血胡人安祿山就這樣當上了節度使，促成了日後的安史之亂。

公元755年，安祿山和大將史思明發動叛亂，史稱安史之亂。長安很快淪陷，唐玄宗被迫出逃。

1 宰相李林甫去世後，楊貴妃的堂兄楊國忠接任了他的職位。楊國忠為人愚蠢，嗜酒好賭，安祿山對他很不屑。

2 楊國忠也不喜歡安祿山，時常在唐玄宗面前說安祿山的壞話，還說他遲早有一天會謀反，但唐玄宗沒有聽信楊國忠的話。

3 公元755年，安祿山假造了一份詔書，召集將領說：「皇帝命我帶兵入朝討伐楊國忠。」

4 其實，安祿山不過是想以討伐楊國忠為藉口，發動叛亂罷了。安祿山很快就和大將史思明率十五萬大軍向洛陽打去。

5 唐朝貞觀之治以來，境內已經幾十年沒發生過戰爭了，沿路州縣的官吏和百姓見叛軍殺到，個個嚇得魂飛魄散。

6 唐玄宗聽說這一消息後，還以為有人故意造謠。等到一座又一座城池被攻陷，他才慌忙召集大臣商議對策。

7 楊國忠幸災樂禍地說：「我就說他會謀反吧。不過，請陛下放心，人心向唐，很快就會有人將他的人頭送來的。」

8 然而，事與願違，叛軍的攻勢十分猛烈，不到半個月，他們就渡過黃河，攻佔了洛陽。不久，安祿山在洛陽自立為帝。

9 安祿山沒有停止進攻的步伐，帶兵直逼潼關。潼關是都城長安的門户，唐玄宗忙派大將哥舒翰領兵把守。

10 哥舒翰見敵軍來勢洶洶，決定堅守不出。這個決策十分奏效，叛軍久攻不下。

11 可是後來，唐玄宗聽信楊國忠的讒言，堅持要哥舒翰領兵出戰。結果，唐軍慘敗，潼關失守。

12 潼關一失守，長安就保不住了。唐玄宗只好帶着楊貴妃、楊國忠等人及一幫皇子皇孫倉促出逃。

13 走到馬嵬驛（嵬，粵音危）時，隨行的將士又餓又累，憋了一肚子氣。他們開始你一言我一語，説起楊國忠的不是。

14 就在這時，幾個吐蕃使者衝到楊國忠面前，問他要點東西吃。士兵趁機起哄：「楊國忠要和胡人勾結謀反了！」

15 有個士兵一聽，立即彎弓搭箭，朝楊國忠射了一箭。楊國忠嚇壞了，轉身就想逃，卻被衝上來的士兵一刀砍死了。

16 唐玄宗在驛館裏，聽到外面鬧哄哄的，正想問怎麼回事。太監高力士進來說：「楊國忠謀反，已被士兵斬殺了。」

17 高力士接着說：「楊貴妃娘娘也不能留啊，否則難以服眾。」唐玄宗沒有辦法，只好含淚讓高力士絞死了楊貴妃。

18 將士見楊國忠、楊貴妃都死了，這才消氣，繼續跟着唐玄宗狼狽地逃向成都。

19 太子李亨和兩千將士被唐玄宗留了下來。太子便帶着這些將士來到靈武，並在那裏即位做了皇帝，史稱唐肅宗。

20 唐肅宗登上皇位後，不忘雪恥，任命驍勇善戰的郭子儀和李光弼（粵音：拔）為將，討伐叛軍。

21 此時，叛軍內訌不斷，安祿山的兒子安慶緒殺父篡位，史思明又殺了安慶緒。後來，史思明被兒子史朝義所殺。

22 公元762年，唐肅宗去世，唐代宗即位。唐代宗派軍隊聯合回紇（粵音：瞎）攻擊叛軍。叛軍大敗，史朝義自縊身亡。

23 歷時近八年的安史之亂終於被平定了，但唐朝滿目瘡痍，實力大不如前，從此由盛轉衰。

安史之亂時，叛軍一路攻城掠地，勢不可擋。可在雍丘，一個叫張巡的將領卻讓叛軍連連敗退。

1 叛軍打到雍丘時，守城將領張巡機智勇敢、英勇善戰，帶領將士一次又一次地擊退了叛軍。

2 當時，敵軍不退，城內的糧倉快見底了。就在這時，張巡聽說叛軍的運糧船來了，馬上有了主意。

3 這天晚上，他特意將大批人馬集中到城南，假裝馬上要出戰的樣子。

4 叛軍將領令狐潮巡視的時候發現了這一情況，他以為張巡想從南面突圍，便立即將大軍主力轉移到城南。

5 張巡見叛軍果然中計，便派遣數百名士兵趕到河邊搶奪叛軍運糧船上的糧食。

6 等把運糧車裝得滿滿當當的，士兵便一把火將叛軍的幾百艘運糧船全燒了。

7 令狐潮正率軍在城南埋伏，抬頭望見河邊的方向火光沖天，這才知道自己上了張巡的當。

8 自那以後，令狐潮就更加頻繁地攻城了。叛軍人多勢眾，張巡每次都命將士固守城中，用計謀打退敵軍。

9 就這樣，張巡帶着將士堅持了兩個多月，擊退叛軍三百多次。可是，城裏的箭也快用完了，這讓張巡心急如焚。

10 這天，張巡在城裏巡視。遠遠地，他聽見一羣士兵在喝彩。他走進一看，原來是士兵在用紮好的稻草人練習射箭。

11 「稻草人……箭？」張巡盯着渾身插滿箭的稻草人，很快定下了借箭的妙計。

12 這天凌晨時分，令狐潮睡得正香，忽然被手下搖醒：「將軍，將軍，敵軍有情況，快出去看看吧！」

13 令狐潮急忙起來。果然，朦朧的月光下，雍丘城頭出現了上千名黑衣人，他們沿着繩索滑下城牆。

14 「居然想偷襲我們！」弓箭手彎弓搭箭，萬箭齊發。只聽一陣「噗噗噗」聲後，黑衣人接連倒地。

15 可沒過一會兒，這幫黑衣人又站起來，想沿着繩索往上爬。令狐潮一聲令下，利箭又像雨點般朝他們射去。

16 很快，天濛濛亮了。令狐潮這才發現那些黑衣人不過是穿着黑衣的稻草人，上面密密麻麻地插滿了箭。他又上當了！

17 這一次，張巡利用「草人借箭」之計，不費吹灰之力就得到了數十萬枝箭，將士都高興得眉開眼笑。

18 第二晚，張巡又命士兵在城牆上放下稻草人。叛軍見了，都大笑不止：「我們又不是傻子，這回我們可不會上當了！」

19 叛軍對黑衣稻草人不再防備。於是，在一個黑夜，張巡派五百名士兵身穿黑衣下城去。

20 五百名黑衣人下了城牆後，偷偷潛入敵營，分頭點燃了敵軍的營帳。

21 火借風勢，風助火勢，營帳頓時成了一片火海。五百名黑衣人趁機衝上去，揮刀猛砍，叛軍四處逃命。

22 令狐潮想發號施令，整頓軍隊，可到了這個時候，逃命要緊，誰還會聽他的呢？無奈之下，令狐潮也只得丟下軍隊，倉皇奔逃了。就這樣，張巡憑藉自己的智慧，守住了雍丘。

陸羽是唐代的茶學家，著有《茶經》一書，有「茶聖」、「茶仙」的美譽。

1 相傳，陸羽一生下來，就被狠心的父母拋棄了。幸運的是，他被龍蓋寺的主持智積禪師發現，並抱回了寺院撫養。

2 智積禪師還根據卜辭給他起了「陸羽」這個名字。陸羽從小跟隨師兄弟誦經打坐，但他對佛學一點兒也不感興趣。

3 十二歲那年，不願入佛門的陸羽含淚辭別了師父和師兄弟，決定去外面闖蕩。

4 陸羽長得不好看，還有點口吃，離開龍蓋寺後處處碰壁。最後，他找到一個雜戲班，請求班主收他為學徒。

5 班主見他機靈，便讓他學做丑角*。陸羽很有天賦，很快學會了所有表演橋段，而且每次表演都能贏得觀眾的讚賞。

6 有一年，竟陵太守在一次宴飲中看到了陸羽的精彩表演。表演結束後，太守特意找陸羽來問話，發現他既聰明又討人喜歡。

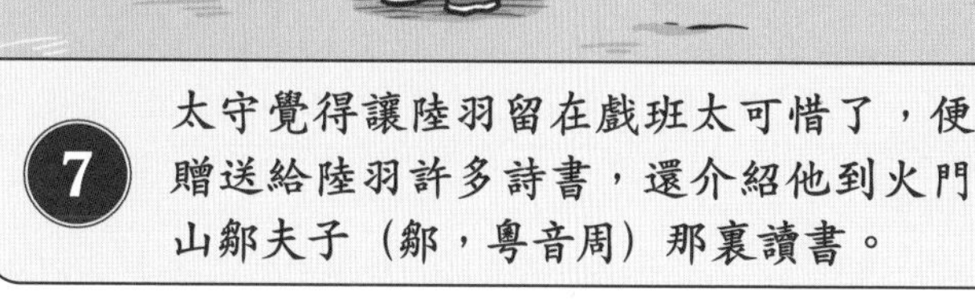

7 太守覺得讓陸羽留在戲班太可惜了，便贈送給陸羽許多詩書，還介紹他到火門山鄒夫子（鄒，粵音周）那裏讀書。

*丑角：中國戲劇中，外貌不特出、比較滑稽的角色。

8 鄭夫子不僅學識淵博，而且是個茶痴。閒暇之餘，他總愛與陸羽煮茶品茶，談論詩文，這讓陸羽也迷上了茶道。

9 陸羽不想進入仕途，便一心研究起茶來。為了研究茶的品種和特性，他開始在巴山峽川一帶遊歷。

10 這期間他不僅品嘗了各地的名水和名茶，還常常深入茶葉產地，親自採茶製茶。

11 安史之亂後，他順長江而下，結識了更多與他一樣對茶道痴迷的茶友。陸羽與他們暢談茶事，獲得了更豐富的知識。

12 公元760年，陸羽開始着手編寫一部介紹茶葉歷史、生產技術、飲茶技藝、茶道原理等的綜合性論著——《茶經》。

13 唐代飲茶之風盛行，所以《茶經》一問世，便受到大家的喜愛。湖州刺史李季卿還專門拜訪陸羽。

14 李季卿在揚子江邊找到陸羽，請他登船暢談。當時揚子江一帶的南零水享有盛名，李季卿便命兩個士兵取水來煮茶。

15 這兩個士兵拿着瓶子，划船前去。沒過多久，他們就取水回來了。

16 陸羽接過瓶子，舀了一點水後，皺着眉頭說那不是南零水，但是兩個士兵堅持那是南零水。

17 陸羽沒接話，他讓下人拿了個盆過來，將瓶裏的水倒入盆中。水倒了大半，他才淡淡地說：「這剩下的才是南零水。」

18 兩個士兵嚇得跪倒在地，說：「大人饒命！小船顛簸，瓶裏的水灑了大半，我們迫不得已在江邊舀了點添上。」

19 陸羽沒有責備他們，轉身認真地煮起茶來。李季卿看了，不由得連聲讚歎道：「陸兄對茶道的研究果然令人佩服啊！」

安史之亂結束後，隨郭子儀平亂而立了大功的將領僕固懷恩，因遭到了猜忌，一股怒火在他心中熊熊燃燒……

1 僕固懷恩是平定安史之亂的功臣，卻因誤會，被宦官誣告謀反。雖然很快真相大白，但他感覺大受侮辱。

2 事後，僕固懷恩懷恨在心，偷偷聯絡回紇和吐蕃人，騙他們説唐代宗和名將郭子儀已死，鼓動他們起來造反。

3 回紇和吐蕃信以為真，立即聯合起來舉兵反唐。這支叛軍長驅直入，一直打到了長安北面的涇陽（涇，粵音經）。

4 朝中宦官紛紛勸唐代宗出逃，不過大臣都不同意，因為當時鎮守涇陽的是名將郭子儀，大家都認為他可以擊退叛軍。

5 郭子儀此時已年近古稀。由於叛軍攻勢強大，涇陽的兵力又少，他只得命將士嚴防死守，拒不出戰。

6 就在這時，僕固懷恩病死。回紇和吐蕃本就貌合神離，他們聽說這個消息後便為誰當首領爭吵不休。

7 不久，回紇和吐蕃不歡而散，分營而駐。其中，回紇駐紮在城西。探子得知這一情報後，馬上報告給郭子儀。

8 郭子儀立即派部將李光纘（粵音：轉）等人到回紇營中勸降。回紇人聽說郭子儀未死，吃了一驚，提出要見他一面。

9 李光纘等人回來向郭子儀匯報。郭子儀二話不說，立即帶上幾名隨從準備去見回紇人。

10 臨出發前，郭子儀的兒子郭晞（粵音：希）苦口婆心地勸他不要去冒險，至少也要帶上幾百名士兵。

11 郭子儀說：「我隻身前往，與回紇誠心地談，或許能讓回紇撤兵，甚至聯合起來趕走吐蕃。這個險我必須得冒。」

12 說完，郭子儀就義無反顧地與幾個隨從拍馬出城了。

13 遠遠地，回紇的大帥藥葛羅就瞧見郭子儀。藥葛羅大驚失色，忙讓將士做好戰鬥準備，他自己也彎弓搭箭立於陣前。

14 郭子儀見狀，便勒住戰馬，從馬上跳下來。他一邊往前走，一邊解下頭盔、脫掉戰袍，甚至連手中的槍也扔掉了。

15 回紇的酋長見郭子儀如此有誠意，紛紛放下戒備，也從馬上跳下來，向郭子儀深深地鞠了一躬。

16 雙方寒暄一番後，郭子儀說：「你們回紇與我們大唐素來友好，在安史之亂時更是立下大功，現在為什麼要背棄大唐呢？」

17 郭子儀見他們面有難色，便乘機建議他們共同對付吐蕃，並許諾吐蕃在這次戰爭中搶到的財物全歸回紇所有。

18 回紇人本就是被僕固懷恩哄騙來的，聽郭子儀這麼說，馬上同意了。藥葛羅當即與郭子儀執酒為誓，建立盟約。

19 駐紮在涇陽城外的吐蕃人聽說這一消息，嚇得不輕，當夜就率軍逃跑了。就這樣，郭子儀不費一兵一卒就讓叛軍退去了。

甘露之變

唐朝後期，宦官的權勢越來越大，他們拉幫結派，互相爭鬥，甚至左右着皇帝的廢立。

1 唐文宗是被宦官王守澄（粵音：程）一手推上皇帝寶座的。他表面上對王守澄等宦官加以重用，暗地裏卻想找人除去他們。

2 一天，唐文宗生病了，宮中太醫也束手無策。王守澄手下有個官員叫鄭注，精通醫術，王守澄便推薦他給唐文宗看病開藥。

3 唐文宗服藥後，病很快就好了。唐文宗召見鄭注後，發現他不僅醫術高明，還很有才華，便提拔他做了御史大夫。

4 鄭注有個叫李訓的朋友。他聽說鄭注成了皇帝跟前的紅人，便帶着禮物上門，請求鄭注向唐文宗舉薦自己。

5 鄭注正愁缺個幫手，於是又請王守澄向唐文宗推薦李訓。唐文宗見李訓儀表堂堂、能言善辯，就封了他一個官職。

6 鄭注、李訓很有能力，再加上他們都是王守澄推薦的，不會引起宦官的懷疑，唐文宗便與他們合謀除掉宦官的計劃。

7 唐文宗按照他們的建議，提拔長期受了王守澄打壓的宦官仇士良，削減了王守澄手中的一部分權力。

8 李訓當了宰相後，給王守澄升了一個沒有實權的官。沒了兵權，王守澄很快就被唐文宗派人送去的一杯毒酒給毒死了。

9 唐文宗對外宣稱王守澄是暴病身亡，還選了個吉日準備下葬，並詔令所有宦官前去為王守澄送葬。

10 其實，這也是鄭注、李訓計劃裏的一部分。當時，鄭注被派往鳳翔任職，以便訓練一批武士殲滅前去送葬的宦官。

11 不料，李訓是個貪功之人，他想獨佔鏟除宦官的功勞，便偷偷去找禁衞軍將領韓約，聯合他提前採取行動。

12 這一天，唐文宗上朝時，韓約上前啟奏，說禁衛軍大廳後院的一棵石榴樹上有甘露降臨。

13 古人很迷信，認為天降甘露是祥瑞的象徵，所以眾臣紛紛向唐文宗道賀。李訓趁機勸唐文宗到後院觀賞甘露。

14 唐文宗要李訓先去察看。李訓在外面隨便繞了一圈，回來報告說：「我看那不像是甘露，陛下不如再讓其他人去看看。」

15 唐文宗便命令仇士良帶領宦官去看，仇士良又叫上了韓約。走到禁衛軍大廳門邊時，韓約緊張得直冒冷汗。

16 仇士良見韓約這副模樣，不禁起了疑心。就在這時，大風吹起門上的布幕，他一眼就瞥見裏面埋伏着手執刀槍的士兵。

17 仇士良見勢不妙，扭頭就跑。他一邊大叫「李訓謀反了！快點救駕！」，一邊向朝堂跑去。

18 仇士良等一眾宦官跑回來，挾持着唐文宗，將他塞進軟轎裏，抬起來就往內宮跑。

19 李訓一邊叫禁軍保護皇上，一邊上前拽住軟轎，怎麼也不肯放手。一個宦官見了，狠狠地踹了他一腳，將他踢翻在地。

20 李訓只能眼睜睜地看着這些宦官抬着軟轎，將唐文宗送到內宮去了。

21 行動失敗後，李訓趕緊跟小吏換了身衣裳，逃出宮去。他本想去投靠鄭注，不料在半途被抓住了。

22 鄭注在鳳翔聽説這一消息後，想帶兵進京救駕，卻被監軍的宦官所殺。這個失敗的事件，歷史上稱為「甘露之變」。

23 事後，仇士良指揮宦官殺害了上千名參加預謀的官兵。唐文宗在宦官的管束下，抑鬱成疾，數年後就去世了。

黃巢起義

唐朝末年，統治者昏庸無能，苛捐雜稅日益繁重，再加上天災不斷，各地起義不斷。

1 唐朝末年，有一個文武雙全的書生名叫黃巢。他志存高遠，很想為國家效力，曾幾次到長安參加科考，可惜都落榜了。

2 他目睹朝廷的腐敗無能，因而憤然寫下《不第後賦菊》一詩。詩中他以菊花自喻，表達了他要推翻唐朝的決心。

3 公元875年，私鹽販子王仙芝率領幾千名農民在河南發動起義。黃巢大受鼓舞，組織了數千人去投奔他。

4 他們聯手攻下許多地方，朝廷急忙命令各地將領鎮壓起義軍，但這些將領都被起義軍震懾住，不敢輕易出兵。

5 朝廷沒辦法，只得派宦官前去招降王仙芝。聽説朝廷要封他做大官，王仙芝高興地答應了投降的要求。

6 黃巢得知此事後，氣沖沖地前去質問王仙芝。王仙芝還想狡辯，結果被黃巢揍得鼻青臉腫。

7 王仙芝自知理虧，只得連連向黃巢賠不是，還讓人把朝廷派來的宦官給趕走了。

8 但黃巢再也不相信王仙芝了，他率領着一支軍隊往北邊出發，王仙芝則領兵向其他地區進發。兩人就此分道揚鑣。

9 不久，王仙芝兵敗被殺，他的手下紛紛前去投靠黃巢。黃巢被推舉為王，號稱「沖天大將軍」。

10 公元880年，黃巢的起義軍已有幾十萬人，他們一舉攻下潼關。唐僖宗（僖，粵音希）嚇得丟下長安，逃到成都。

11 來不及逃的官員只好出城投降。黃巢得意洋洋地坐着轎子，在將士的簇擁下進入了長安。

12 為了安撫民心，一名叫尚讓的大將還讓士兵向沿途的百姓分發財物。百姓拿到這些財物，個個都很感動。

13 黃巢在長安登上了皇帝寶座，改國號為大齊。長安成了起義軍的天下，黃巢也實現了「滿城盡帶黃金甲」的願望。

14 唐僖宗逃到成都後，立即集結軍隊，包圍了長安。日子一長，眼看城裏糧草短缺，起義軍只得與唐軍死拚。

15 起義軍被擊敗了，黃巢只得撤出長安。當退到狼虎谷時，黃巢心灰意冷，自刎而死，歷時十年的大起義失敗了。

朱温滅唐

唐昭宗時期，宦官把持朝政，地方割據勢力權傾朝野，這些勢力勾心鬥角，互相傾軋，唐朝名存實亡。

1 唐僖宗去世後，唐昭宗即位。當時，宦官把持朝政，唐昭宗便和宰相崔胤（粵音：刃）計劃除掉宦官。

2 沒想到，宦官知道此事後，先下手為強，將唐昭宗軟禁起來，還改立太子李裕為帝。

3 宦官成功發動政變後，還派人去拉攏當時最大的割據勢力——梁王朱溫（被僖宗生前賜名「全忠」，即朱全忠）。

4 朱温為人精明，他不願意為宦官驅使，落得個吃力不討好的下場，所以他立即扣押了宦官派來的人。

5 接着，他派親信秘密進入長安，與宰相崔胤商議解救唐昭宗之事。

6 有了朱温的鼎力支持，崔胤膽子就大了，他立即率領將士衝進宮中，殺死了好幾個宦官頭目，然後迎接唐昭宗復位。

7 為了徹底鏟除宦官勢力，崔胤寫信給朱温，請他發兵長安，消滅宦官。

8 朱温一直想找個藉口帶兵進長安，崔胤的舉措正中他下懷。接到信後，他便帶兵直奔長安。

9 宦官聽到這一消息，索性挾持唐昭宗跑了。他們逃到鳳翔，希望借隴西郡王李茂貞的勢力來對抗朱温。

10 朱温帶兵把鳳翔圍住，截斷鳳翔的一切外援。當時正值隆冬，城裏餓死、凍死的人不計其數，李茂貞只得交出唐昭宗。

11 朱温掌握大權後，殺光所有宦官。他見崔胤不聽從他，也找了個藉口把他殺了。

12 為了更好地控制皇帝，朱温決定遷都洛陽，把唐昭宗、長安城內的官員和百姓都一起東遷。臨走時，朱温派人把長安城裏的建築統統拆光，然後把拆下來的木材運到洛陽。一路上，百姓攜老扶幼，痛哭流涕，嘴裏不停地詛咒着朱温。

13 到了洛陽沒幾個月，唐昭宗就被朱温殺了。唐昭宗的十三歲兒子被立為新帝，也就是唐哀帝。

14 朱温將先朝的大臣斬盡殺絕，最後逼迫唐哀帝讓位，自己做了皇帝，改國號為梁，史稱後梁。至此，唐朝宣告滅亡。

李存勖建後唐

唐朝後，中原相繼出現後梁、後唐、後晉、後漢、後周五個王朝，稱為「五代」；同時中原外還有十個割據政權，稱為「十國」。因此，這一時期稱為「五代十國」。

1 人稱「獨眼龍」的沙陀族首領李克用，因鎮壓黃巢起義軍有功，被唐僖宗封為河東節度使。

2 後來，他又被封為晉王，管轄現在的山西太原一帶，力量足以與朱温抗衡。聽説朱温滅唐建梁，李克用很不服氣。

3 他想打着為唐朝報仇的旗號，起兵討伐朱温，但又擔心兵力不足，便約契丹族首領耶律阿保機在雲州會盟。

4 李克用與耶律阿保機相談甚歡，兩人不僅達成了共同出兵後梁的友好協定，還結為了兄弟。

5 沒想到，耶律阿保機懼怕朱温的勢力，沒過多久就背棄了與李克用的盟約，與朱温結盟了。

6 李克用氣得背上長了毒瘡，而且惡化得很快，什麼湯藥都不管用。臨終前，他把兒子李存勖（粵音：郁）叫來。

7 李克用交給兒子三枝箭說：「朱温、劉仁恭*、耶律阿保機這三人是仇家，你要用這三枝箭提醒自己。」

*劉仁恭是唐末節度使，曾背叛幫助過他的李克用。

8 李克用死後，李存勖繼承父親的爵位，當了晉王。他時刻謹記父親的話，還把那三枝箭供奉在宗廟裏。

9 為了給父親報仇，他整頓軍隊，把一支原本紀律渙散、毫無鬥志的軍隊變得紀律嚴明、勇猛驃悍。

10 不久，還處於居喪期的李存勖親率大軍，前去救援遭後梁圍攻了一年多的潞州，並在這一戰中成名。

11 李存勖又率軍在柏鄉大敗後梁軍。朱温接連戰敗，一病不起。公元912年，朱温被他的兒子朱友珪（粵音：龜）殺死。

12 朱温一死，李存勖便完成了父親的第一個遺願。接着，他又出兵攻打幽州。當時劉仁恭與兒子反目成仇，正被囚禁在那裏。

13 劉仁恭曾是李克用部下，後投靠朱温，因此被他視為仇家。李存勖攻下幽州後，活捉劉仁恭父子，完成了父親第二個遺願。

14 過了幾年，耶律阿保機率領遼軍南下，李存勖帶領軍隊迎戰，把他們打得抱頭鼠竄，嚇得跑回了北方老家。

15 李存勖完成了父親的遺願。公元923年，李存勖建立後唐，史稱唐莊宗。同年，他滅了後梁，統一北方。

唐莊宗李存勖是個戲痴，誰能料到他最後因為痴迷於戲，而把自己的身家性命都搭上了。

1 唐莊宗建立後唐後，心滿意足，開始過起了無憂無慮的吃喝玩樂生活。

2 唐莊宗從小就愛看伶人*唱戲，現在國家安定，他便重新拾起自己的興趣愛好。

3 這個戲痴不滿足於僅僅坐在台下看戲，沒過多久，他就親自裝扮，登台表演，還給自己取了個「李天下」的藝名。

*伶人：演戲的人、戲子。

4 有一次，唐莊宗在台上練習時，連叫了兩聲「李天下」。一個叫敬新磨的伶人衝上去就給了他兩記耳光。

5 唐莊宗生氣極了，敬新磨卻不慌不忙地解釋道：「治理天下的只有一個人，你卻連叫了兩聲，還有一個是誰呢？」

6 這句奉承話讓唐莊宗一下子轉怒為喜，他雖然挨了敬新磨兩記耳光，卻還說要重重獎賞他。

7 一次，唐莊宗帶領這幫深受他寵愛的伶人一起去郊外打獵。唐莊宗縱馬狂追獵物，把農田裏的莊稼都踩壞了。

8 當地的縣令見了，急忙過去勸阻他說：「陛下為什麼要這樣糟蹋百姓的莊稼？這可是他們的心血啊！」

9 敬新磨一把揪住縣令的衣領，說：「你明知道陛下愛打獵，為什麼還讓百姓在地裏種莊稼，使陛下不能盡興？」

10 唐莊宗聽了「撲哧」一笑，只是讓敬新磨放了縣令，然後帶着眾人離開。

11 從這以後，伶人就更加受寵了，他們可以隨意出入皇宮，而且全都是一副趾高氣揚的樣子。

12 這些伶人完全不把朝中大臣放在眼裏，只要看誰不順眼，就在唐莊宗面前搬弄誰的不是。

13 朝中許多功臣，都因為與伶人有過節，而慘遭殺害。

14 大臣生怕惹禍上身，費盡心思討好這幫伶人，見到他們總是點頭哈腰問好，逢年過節還會給他們送上好禮。

15 唐莊宗偏愛伶人已到了如此地步，卻覺得還不夠，還要封身無寸功的他們到各地做官，對戰功赫赫的將士卻視而不見。

16 文武百官越來越不滿。公元926年，李克用的養子李嗣源（嗣，粵音自）在部下的擁護下，起兵叛變，殺入汴京。

17 唐莊宗親自率軍東征。然而這些士兵壓根兒就不想為他效力，才走到半路就逃走了大半。

18 唐莊宗只好班師回朝，打算先整頓好軍隊，再做打算。沒想到，一個伶人出身的將領趁機發動兵變，在混亂中射死了他。

19 沒過多久，李嗣源就帶兵攻入了洛陽，登上了皇位，史稱唐明宗。

後晉興亡

唐明宗的女婿石敬瑭依靠遼的勢力，建立了後晉。他對耶律德光卑躬屈膝，極盡阿諛諂媚之能事，甚至自稱為「兒皇帝」。

1 唐明宗有兩個得力助手，一個是他的養子李從珂（粵音：柯），一個是他的女婿石敬瑭。他們驍勇善戰，卻互相看不順眼。

2 唐明宗死後，李從珂從唐閔帝手中奪了皇位。唐末帝李從珂不僅削去石敬瑭的官職，還派兵去攻打他所在的晉陽。

3 大敵當前，石敬瑭忙寫信向契丹首領耶律德光求援，承諾只要契丹幫忙擊退唐軍，他便割讓燕雲十六州。

4 耶律德光收到信後大喜，親自率領五萬精兵前去救援。援軍與石敬瑭軍隊聯合，將後唐軍打得落花流水。

5 戰爭結束後，石敬瑭兌現諾言，將燕雲十六州拱手送上，還認比他小十一歲的耶律德光為父親。

6 耶律德光很滿意，當下就宣布立石敬瑭為帝。石敬瑭便以這種認賊作父的手段，成了後晉的開國皇帝晉高祖。

7 後來，在契丹的幫助下，石敬瑭攻破了後唐都城洛陽。唐末帝走投無路，只得帶着一家老小自焚而死。

8 攻下洛陽後，石敬瑭做了中原皇帝。他正式定都汴州，並把它叫作「東京開封府」。

9 石敬瑭稱帝以後，對耶律德光感恩戴德，逢年過節都要派使者向契丹國主、太后、王公貴族送禮。

10 契丹使者到訪時，無論態度多傲慢無禮，石敬瑭都不在意，而是卑躬屈膝地招待他們，朝廷上下都覺得很丟臉。

11 石敬瑭做了六年皇帝，就生病死了。他的姪子石重貴繼承了皇位，他就是晉出帝。

12 石重貴寫信向契丹告知石敬瑭的死訊時，自稱為孫，並不稱臣，暗示後晉是獨立的，不再向契丹稱臣。

13 耶律德光收到信後一看，不禁氣得暴跳如雷。他以此為藉口，立刻出兵向石重貴興師問罪。

14 石重貴對此早有準備，他率兵抵抗，兩次擊退了氣焰囂張的契丹軍。

15 公元947年，契丹軍再度南下，由於後晉帶兵的主將投降叛變，耶律德光攻入開封，抓走了石重貴一家，後晉就此滅亡。

吳越國是五代十國時期的十國之一，強盛時疆域約為現今的浙江全省、江蘇南部、福建東北部。

1 錢鏐（粵音：流）自幼喜歡騎馬射箭，習得一身好武藝。唐朝末年，他從軍鎮壓黃巢起義，立下了不少功勞。

2 錢鏐一路從刺史、節度使，升任為越王、吳王。到了後梁時，他已經佔領了十幾個州，成為吳越國的君王。

3 錢鏐做了君王後，開始講究起排場來，在臨安城建起了華麗的王府，而且他常帶着車馬外出遊覽，前呼後擁的。

4 錢鏐的父親錢寬對此很看不慣。錢寬住在老家，每次錢鏐來看他，他都避而不見。

5 錢鏐覺得很奇怪。這一天，他不坐車，不騎馬，也不帶隨從，步行去到父親的住處，追問父親原因。

6 父親長歎一聲說：「你如今顯貴了，卻一點兒也不知道低調，遲早會招來大災禍，殃及全家，所以我才不願意見你啊！」

7 錢鏐大為震動，從此他處處謹慎，只求自保。從後梁開始，中原換了幾個王朝，他總是向這些國家稱臣進貢。

8 吳越國常常受北邊的吳國威脅，錢鏐連夜裏都不敢好好睡覺。他讓人給自己做了一個圓木枕頭，叫「警枕」。

9 夜裏睡覺時，他只要稍微一動，頭便會從警枕上滾下來，他就會立刻驚醒。

10 他還在卧室裏放了裝有白色粉末的盤子，晚上要是想起了什麼，就立刻起牀寫在粉盤裏，以免遺忘。

11 錢鏐對自己的將士同樣要求很嚴格。即使到了深夜，城內都會有兵卒打更巡邏。

12 有一天，錢鏐發現有幾個打更的士兵正打瞌睡，便朝牆上扔了幾顆銅彈子。銅彈子發出清脆的響聲，把他們驚醒了。

13 後來，這幾個士兵知道銅彈子是錢鏐打的，都嚇得要命，往後打更巡邏都會打起十二分精神，再也不敢打瞌睡了。

14 一晚，錢繆穿了便服要進城。看門的小吏不讓他進，說：「夜深了，誰也不能進城，就算大王來了也不准進。」

15 錢鏐沒有辦法，只好繞道走南門，才進了城。第二天，錢鏐把看門的小吏找來，誇他做事認真，賞給他一大筆錢。

16 錢鏐的岳父鄭伯仗着女兒鄭氏受寵，觸犯了國法。當地官員要去緝拿鄭伯，鄭氏卻暗中派人阻撓，還派人向錢鏐求情。

17 錢鏐知道後，下令將鄭伯父女一起抓了起來，他說：「我不能讓一個女人破壞我的國家！」

18 當時，錢塘江入海口寬闊，海水經常發生倒灌，沖上江岸，威脅杭州百姓的安全。

19 錢鏐便徵召民夫鑿石填江，修築一道堅固的石堤，並建造了龍山、浙江兩座閘門，防止海水倒灌。

20 此外，他還命人在許多河渠上建造了堰閘，以蓄水洩洪。這些水利工程，讓農田得到了合理灌溉，江浙平原連年豐收。

21 錢鏐大力支持手工業，尤其是絲織業，使得吳越國成為當時中國絲織業最發達的地方，還刺激了種桑養蠶業的發展。

22 錢鏐還廣開言路、招賢納士，羅隱、胡岳、顧全武、杜陵等名家武將都因受到他的禮遇，而對他忠心耿耿。

23 在他的治理下，吳越國一片安樂祥和、欣欣向榮，讓百姓在動盪不安的五代十國時期也能過上安定富裕的日子。

一代英主周世宗

耶律德光佔領開封後，改國號為遼。不久，他因無法鎮壓中原百姓的反抗，向北撤軍。

1 耶律德光撤軍後，在太原稱帝的後晉大將劉知遠進入開封，改國號為漢，史稱後漢。

2 不久，劉知遠病逝，他的兒子劉承祐（粵音：右）繼承了皇位，史稱漢隱帝。漢隱帝即位後，因將相不和，殺了許多大臣。

3 大將郭威的家人慘遭屠殺，而領兵在外的郭威也被加入了漢隱帝的暗殺名單中，他只得帶兵入朝殺死漢隱帝。

4 過了不久，郭威便在部下的擁護下，坐上了皇帝的寶座。就這樣，郭威建立了後周，他就是周太祖。

5 劉知遠的弟弟劉崇不服，在太原建立了北漢。為了壯大實力，他投靠遼國，稱遼帝為叔皇帝，並改名劉旻（粵音：文）。

6 周太祖是個很有作為的皇帝，不過他僅在位三年就去世了。他沒有兒子，所以他的養子柴榮便繼承了皇位，也就是周世宗。

7 劉旻聽說周太祖病死，認為滅掉後周的機會來了，準備聯合遼國征討後周。周世宗決定親自率軍迎戰。

8 後周一個叫馮道的老臣很看不起年輕的周世宗，對周世宗計劃親征一事冷嘲熱諷。周世宗非常憤慨，堅決領兵出戰。

9 周世宗率先鋒部隊來到高平，與敵軍對陣。劉旻見周世宗就那麼點兒兵力，根本不把他放在眼裏。

10 戰爭一開始，後周就出現了逃兵。有兩名主將見敵軍人多勢眾，率領騎兵轉身就逃跑了。

11 周世宗見到情況緊急，立即衝前奮勇殺敵。後周軍隊頓時士氣高漲，將士衝鋒陷陣，把敵軍嚇得四處逃竄。

12 劉旻見大勢已去，也只得倉皇而逃。還未出動的遼軍見後周將士如此勇猛，也不敢前來迎戰，灰溜溜地回遼國去了。

13 周世宗大獲全勝，為自己樹立了威望。回國後，他吸取這次戰爭的教訓，嚴肅整頓軍隊，殺掉了那些臨陣脫逃的將士。

14 後來，周世宗帶領這支強大的軍隊南征北戰，先後攻取了後蜀、南唐和遼國的好幾個州。

15 同時，他還勤於政務，在國內進行了一系列的改革。在經濟上，他興修水利，減輕賦稅，還把無主的荒地分給農民耕種。

16 在政治上，他選賢舉能，鼓勵臣民當面指出自己的得失。

17 在文化上，他重視國家的藏書和文化建設，大力發展教育，並親自閱覽新舉進士的詩賦和策文。

18 在周世宗的治理下，後周呈現出一片繁榮的局面，百姓安居樂業。

19 公元959年，三十九歲的周世宗在攻打遼國幽州途中患病身亡。不過，他傑出的政績為之後北宋的統一奠定了基礎。

孩子愛讀的漫畫中國歷史

中華五千年故事③
晉、南北朝、隋、唐、五代十國

作　　者：幼獅文化
繪　　圖：磁力波卡通、魔法獅工作室
責任編輯：陳奕祺
美術設計：郭中文
出　　版：園丁文化
香港英皇道 499 號北角工業大廈 18 樓
電話：(852) 2138 7998
傳真：(852) 2597 4003
電郵：info@dreamupbooks.com.hk
發　　行：香港聯合書刊物流有限公司
香港荃灣德士古道 220-248 號荃灣工業中心 16 樓
電話：(852) 2150 2100
傳真：(852) 2407 3062
電郵：info@suplogistics.com.hk
印　　刷：中華商務彩色印刷有限公司
香港新界大埔汀麗路 36 號
版　　次：二〇二四年一月初版

ISBN: 978-988-76896-8-3

18/F, North Point Industrial Building, 499 King's Road, Hong Kong
Published in Hong Kong SAR, China
Printed in China